LEGEND OF KOWLOON

九龍傳奇

復活孫中山

風雨欲來，
牽涉動搖國本的爭奪之亂！

冼君行 博士　林月菁 博士　著

目錄　contents

廟街卜卦未成，卻成《九龍傳奇》的靈感源泉

　　看舊同學兼老朋友 Paul（冼君行）的小說《九龍傳奇》（與林月菁合著），那些年的記憶一下子回來了。九〇年代初，我們倆都是看來平平無奇的中學生，卻做了很多跟我們身分、年齡、背景不相稱的事，驀然回首，只覺得盡是癲狂，盡是青春。其中一些跟本書相關的奇怪活動，就是四處搜羅古書，學習各門術數；我們甚至打算進駐油麻地廟街，擺檔替人卜卦算命（但最終沒有成事）。

　　記得當年我們如癡如醉鑽研的，其實是奇門遁甲、梅花易數、文王卦之類，而非小說屢屢談及的「排龍訣」、玄空學和紫微斗數。但奇妙的是，畢業後大家儘管不常碰面也疏於聯絡，卻各自學習了跟我們本業無關的風水與斗數，也可謂殊途同歸了。在廣闊無垠的知識領域上，我們倆似乎會永遠進行唐吉訶德式闖蕩，大概不為別的，只單純為了一種純知性的快樂。

　　讀《九龍傳奇》的時候，我的腦海處處疊影著昔日和 Paul 探討術數的情景，當然別有一番趣味，但我總擔心不諳風水的讀者，會不會看得雲裡霧裡呢？例如在小說佔據核心位置的「排龍訣」，什麼「龍對山山起破軍」，即使初學風水者也難以理解，遑論普通讀者了。但看不懂又何妨呢？小說《傅科擺》（*Il pendolo di Foucault*）

中的卡巴拉、鍊金術也不見得是老嫗能解。

「你知道嗎？現在每個知識分子的書桌上都有一部奇書，就是安伯托‧艾可（Umberto Eco）的《傅科擺》。」那年《傅科擺》中譯本剛在台灣問世，讀書觸角敏銳的 Paul 已在旺角的樓上書店買了一冊，並喜孜孜告訴我這個收獲。

想不到廿多年後，Paul 也寫出一部自己的《傅科擺》，將神秘組織、術數秘學等元素共冶一爐，真真假假地混入香港百年前的歷史中。如果你沒一下子看懂本書，恭喜，這代表一道新的知識大門已為你打開，正等待你進去尋寶。

著名香港作家

馮睎乾

博大精深的符號世界，寫一本屬於我們的五術小說

　　十多年前甚愛讀《傅科擺》、《達文西密碼》（*The Da Vinci Code*）、《四的法則》（*The Rule of Four*）、《但丁俱樂部》（*The Dante Club*）等等充滿謎題與符號的小說，老是覺得我國五術博大精深，論符號不會比外國遜色。後來坊間開始流行一系列的盜墓小說，我也很喜歡。然而小說裡虛構的成分多，無疑娛樂性很豐富，卻不會讓人讀後去鑽研國學。

　　為此，我決定拋磚引玉，以淺陋的國學知識，嘗試寫一本至少有七分真、三分虛的小說。本書除了人物是虛構的，其餘大部分有關香港二〇年代的歷史、地理、組織等資料，以及有關山、醫、命、相、卜等五術的知識，全部都是真的。鑑於知識與心力都有限，錯漏難免，歡迎交流指正。

　　在此我亦要特別鳴謝林月菁博士。這個故事的初稿並沒有黑龍會的陰謀、川島芳子的愛情、孫中山的復活等情節，本來甚為單薄。多謝她為此書提供了不少新的情節，做了不少研究，更重要的是找到願意出版的朋友，讓此書可以付梓，再次感謝。

冼君行　博士

穿梭於歷史與國學的謎題冒險，重構百年前的九龍傳奇

　　接觸本故事初稿時，我對以國學結合符號謎題的構思深感驚嘆。特別感謝冼君行博士惠邀我參與此次創作，讓我得以深拓視野與思維。為了忠於初稿設定的歷史真實性，我在下筆之前翻查了大量資料。或許是人生經歷累積，重新審視歷史讓我更深刻感受到歷史人物面對變化時的心理狀況，尤其是那無法言喻的限制與無奈。

　　有關書中約百年前九龍的環境，包括街道交通、教堂廟宇位置、社區設施與商鋪、建築設計、生活科技、江湖幫派，至及草木山水的描繪等，皆盡量依據歷史記錄、圖片及學術文獻進行重構，然後再加入虛構的情節。期望讀者在解謎的過程中，能夠在腦海中構建出當時真實的場景，與主角們一同在九龍的小巷中闖蕩，見證這個小漁港在百年間的奇妙變遷。

　　本書帶領讀者由淺入深，首先跟隨主角接觸術數的基礎，瞭解天干地支及五行的相生相剋關係。再收集有關風水書、天象星宿、九龍龍脈、玄空飛星、奇門遁甲等資訊，最終以五術——仙術、醫學、命理、相學和占卜來破解謎團。故事中所涵蓋的都較為深奧，因為它們原本就是我們祖先千百年來的知識結晶。希望讀者能體會到這些傳承的智慧，並比主角們更快解開謎團！

林月菁 博士

　　1842 年，中國清政府與英國簽訂《南京條約》，把香港島割讓予英國，又在 1860 年簽下《北京條約》，把界限街以南土地也一併割讓予英國，這塊土地名叫「九龍」。

　　到了 1898 年，英國藉口要平衡法國在廣州灣的勢力，再與清政府簽訂《展拓香港界址專條》，由同年 7 月 1 日起，租用深圳河以南和界限街以北的土地，以及 200 多個離島 99 年，所謂「新界」。

　　清政府被推翻後，中國進入了軍閥割據的局面。1920 年粵系軍閥陳炯明打倒了盤據廣州的滇、桂軍閥，讓孫中山在廣州再次當選為「非常大總統」，時任港督的司徒拔爵士於是不顧支持北洋政府的英國政府反對，聲援再度得勢的孫中山與他成立的「護法軍政府」，並邀請他於 1922 年 2 月時訪港。

　　三年後的 1925 年，孫中山為了要北伐，武力統一中國，收買滇、桂軍閥，並接受蘇共的支持，反過來打敗曾經支持自己，但提倡「聯省自治」的陳炯明，把他從廣州趕到香港。

　　為了籌措軍費，孫中山在廣州橫征暴斂，並血腥屠

殺因而罷市的商團。港督司徒拔爵士見孫中山和蘇共合作，亦改變立場，陰謀推翻孫中山。不料就在本年，孫中山因病逝世。而香港則陷入了「省港大罷工」，超過25萬工人北返內地，社會停擺，市面混亂。

這便是 1925 年的香港，亦是風雨飄搖的香港。

良平

　　風吹過茂密的竹林，發出沙沙的聲音。竹林後有一間裝飾非常古雅的茶室。炭爐上壺內的水正在沸騰。明淨的榻榻米上，坐著一位老者與一位中年男子。老者鼻上架著圓眼鏡，下巴蓄著長長銀白色的鬍鬚。中年男子則雙目剽悍，唇上則蓄著日本典型的鬍子。

　　在裊裊上升的蒸氣中，兩人都沒有說話。靜靜地在清晨的和風中，老者用茶筅攪拌著茶碗中的茶粉，綻放出朵朵漂亮的茶花。

　　老者泡好第一杯茶，雙手遞給中年男子。中年男子接過杯，點頭說了一聲「我先喝了」，左手托著碗底，右手輕撫茶碗，以順時針方向將茶碗轉動兩次，把茶杯鑲嵌著一條黑龍的圖案轉向前方，非常專注地把茶喝下，充分體現了茶道「和、敬、清、寂」四規。

　　老者好整以暇地喝了自己的茶，望著中年男子，說道：「良平，我已是70歲的老人了，餘生只想做些慈善工作。黑龍會的會務我亦已交給你了，你為什麼還來找我？」

　　中年男子說：「頭山先生，我來是想告訴你，孫先生剛病死了。」

老者閉起眼睛，然後緩緩張開，望向遠方的天空，嘆了一口氣說：「想不到孫先生小我不只十年，自己身為醫生，竟然比我更早離開這個世界。去年年尾時，我才和他在神戶相見，怎料那次竟成了永訣。唉！」

中年男子說：「是的，頭山先生，你當初成立黑龍會，就是要推翻所有欺壓人民的強權，趕走西方帝國主義，解放亞洲殖民地裡的老百姓。花了不知道多少錢，才幫助孫先生推翻了滿清。怎料革命成功後不久，全中國的軍閥便又失去控制，中國老百姓又再陷於水深火熱之中。今年年初，段祺瑞召開善後會議，孫先生帶病赴會，本想化干戈為玉帛，怎料……。」

老者拍了拍中年男子的肩膀：「良平，生死有命，我看，沒有孫先生的中華民國只是一盤散沙，你倒不如去支持滿洲政府，叫他們像我們一樣走君主立憲的路。」

中年男子說：「頭山先生，這便是我來找你的原因。我們不能讓孫先生現在死去。我們黑龍會與孫先生有約定，他在南邊統一中國，我們則在北邊統一滿洲。現在孫先生突然仙去，破壞了我們的計劃。我建議……」他頓了一頓，舔了一下口唇，輕聲說：「……復活他。」

老者的視線倏地收回來，盯著面前的中年男子，說：「良平，你在說什麼瘋話？」

中年男子說：「頭山先生，我們的特務發現了一個流傳了幾百年的秘密。原來在中國的南方，有一個地方，隱藏了操控生死的鑰匙。」

老者失笑：「有這樣的事？中國千古帝王都想著長生不老，結果還是一個接一個地死去，你不會相信這樣

荒謬的一個傳說吧？」

中年男子說：「是的，我當初也只是半信半疑，直到我們派出去的特務跟我說，民間有一個組織叫『北斗』，一代一代地在守護這個秘密，驅逐所有前往尋找那地方的人。那特務還說英國人已經取得部分線索，不知他們有什麼目的，但我們必須捷足先登，否則以後在西方霸權面前便再沒有還擊的能力。」

老者說：「你那麼相信你的特務？」

中年男子說：「是的，她年紀雖然輕，又是個女人，但馬術、劍道、射擊、策略等都一流。她是滿州人，叫愛新覺羅・顯玗，漢名金璧輝。」

老者皺眉道：「為何我從來沒有聽過她的名字？」

中年男子說：「頭山先生，她也是川島浪速先生的養女，日本名字叫川島芳子。」

老者喃喃地說：「哦，川島……芳子。那你說的地方在哪裡？」

中年男子說：「就在中國東南，割讓了給英國的一個小地方，叫九龍。」

多瑪

　　黃昏時候，漁船正魚貫駛入避風塘。一位滿頭白髮的英籍老師正站在教會辦的水上小學船邊，高高的鼻樑上架著一副很多圈圈的近視眼鏡，脖子上掛著一部可攜式相機，正慈祥地目送漁家的孩子上舢舨離開。

　　過了一會，一個面容俊俏、皮膚黝黑、手腳麻利的年輕伙子一蹦一跳地從艙裡走出來，滿面陽光的笑容，對多瑪說：「多瑪老師，如果沒有別的事，那我就先走了。」

　　多瑪點點頭，說：「小保，今天又辛苦你了。多得你過來幫忙，我才能搞定這裡幾十隻馬騮！」

　　小保笑說：「自從我這隻大馬騮畢業後，你的工作不是已變得容易得多了嗎？」

　　多瑪笑說：「也是的。小保，明天星期六，記得參加我們的團契祈禱。」

　　小保說：「知道了。我們這些孩子因為你，連天后都不敢拜，寧願在家裡挨打挨罵，所以一定會恆常祈禱，叫耶穌祂帶我們去天家的。」

　　多瑪說：「那我就放心了。」

小保說：「何況我的父母早死，自小靠叔伯們拉扯著長大，只能在他們船上當個免費勞工。如果不是你堅持，把我拉過來上課，我今天仍是大字都不認得一個。你現在老了，我又怎會讓你一個人辛苦呢？」

多瑪欣慰地讚道：「好小子！不枉我教你教到吐血，但別笑我老，我只是六字頭，還差一年才70！哎，你幹什麼一面不耐煩？要趕回家？」

小保尷尬地笑說：「不是，老師，去『食夜粥』。」

多瑪奇道：「你家沒有飯食？為什麼要去食夜粥？」

小保笑著解釋：「不是的，今晚叔父們要『開新』（出海捕魚），我橫豎一個人，所以『埋街』（到陸上）去武館學拳。不少武館練完功後，師母會端粥出來給大家宵夜，所以學拳又叫『食夜粥』！」

多瑪恍然：「難怪你年紀輕輕一身肌肉，那些夜粥肯定很有營養！來！我幫你拍張照片！」多瑪舉起掛在脖子上的攜帶型相機，將鏡頭對準小保，輕按了快門。

小保羨慕地說：「老師的相機真是神奇，可以把人的影像攝下來！」

多瑪回憶道：「早在30多年前，就有人發明了攜帶型菲林相機，而我這部勃朗寧盒式相機，也已用了20多年，一直陪伴著我。我最喜歡便是把這裡的生活拍攝下來，然後將照片沖洗出來，閒暇時回味一番。」

小保問道：「老師可以教我拍照嗎？」

多瑪笑道：「明天我就教你吧！」他頓了一頓，又道：「他日我回到天家時，這部相機便留給你吧！」

小保笑道：「老師想得太遠了！我現在先回武館，等我明天學會拍照後，還會天天來幫老師拍照，直到老師100歲呢！」

他倆相視，面上綻放出真摯的笑容。

小保正要轉身走時，多瑪一把拉著他，問：「《約翰福音》四章十四節？」

小保想了一想，答道：「人若喝我所賜的水，就永遠不渴。我所賜的水要在他裡頭成為泉源，直湧到永生。」

多瑪點頭說：「好，金句要常背。你走吧。」

忽然，有一個英籍警察神色匆匆地從另一舢舨跳上大船，並遞給多瑪一個信封。多瑪看著信封，眉頭深鎖，緩緩和那警察一起返回艙裡去。小保雖然有點好奇，卻沒有停留，看了他們一眼便跳上街渡靠岸去了。

第二天清晨，小保回到學校一邊尋找多瑪，一邊興奮地說：「多瑪老師！我學了一招新招式，要不要試試看？」怎料小保就在艙裡的房間看見伏屍在桌上的多瑪。

多瑪背上衣服裂開，皮上有幾道瘀痕，呈深黑色，像被皮鞭或棍棒所傷，口裡湧出滿桌的血漿，還未乾透。他眼睛睜得老大，像是死不瞑目。小保發現多瑪脖子上掛著的相機不見了，而手上緊緊握住了些什麼，於是用力把他的拳頭打開，只見一張信紙上撕下的一角，染了幾滴血跡，上面寫著「排龍訣」。

小保望著多瑪冰冷的遺體心跳如鼓、不知所措。那個平日慈祥善良、教導有方的多瑪老師，怎麼會遭遇殺

害？他顫抖地將那張染血的紙上一角握在手中，心中激盪、渾身顫慄，不知該如何是好。

這時，小保聽見船上好像有其他人的腳步聲，於是迅速把那片信紙拿起放入懷內，並覷準在船旁駛過的駁船，一躍而下，躲進船裡，原來是九叔的船。

小保向九叔點點頭，做個噤聲的手勢，再從船上簾子後向水上小學偷看。水上小學的甲板上有幾個像是乞兒般的流浪漢走上船頭，手裡各自拿著一支長棍，正朝他這邊看過來。

小保上了岸，一直狂奔，走到附近的天后廟，躲在神壇後，才敢透一口氣。這時，他才聽見自己的心仍在砰砰地響。定一定神後，他才曉得傷心。說到底，他自幼無父無母，叔伯們一出海，他便在多瑪老師那裡學習與玩耍。多瑪老師對他來說，就像自己父親一樣。想著想著，小保的眼淚不禁撲簌簌地流下來。

躲了一會，小保才想起那片信紙。他把信紙拿出來，看著「排龍訣」這三個字，思索著那是什麼。一般來說，叫「訣」的，必然是口訣，可能是武術秘笈？但「排龍」這兩個字又不像是一種武術。也許拳館師父會有點頭緒？小保於是決定回到油麻地的拳館，找師父問一問。

搖光

　　小保的師父叫洪搖光，雖然五短身材，卻是一名武痴，聽說年輕時曾隻身北上，想到少林寺學藝，但因為戰亂，只去到廣州，結果幸運地在寶芝林醫館跟黃飛鴻師父拜師學藝，並盡得黃師父虎鶴雙形拳、無影腳、醉拳等拳術真傳，亦對跌打醫術有一定掌握。

　　然而，洪搖光性格急躁，武斷好強，結果為了一點爭執在廣州打傷了粵系軍閥的人，逃走來香港。之後便在九龍油麻地一幢舊樓的二樓開館授徒，不久又租了樓下的鋪位，經營跌打醫館。

　　大約五年前，小保在「八音館」（歌廳）兼職，每天下班後都會路過洪搖光的醫館。洪搖光有一晚碰巧在門外的樹蔭下，挺著大肚腩坐在大藤椅裡乘涼。他見面前走過的小保虎背熊腰，骨骼精奇，便興起了招收他為弟子的念頭，於是截停他聊聊。

　　小保在八音館和廟街經常聽人說書，從小便幻想自己是南俠展昭。在知道洪搖光願意免費教他功夫後，小保大喜過望，立即拜洪搖光為師。洪搖光見小保聰明伶俐，有心栽培他為接班人，因此把畢生所學傾囊相授。小保亦把他當成自己的長輩一樣孝敬。

據小保所知，洪搖光沒有家人，亦沒有什麼朋友。可能因為這樣，洪搖光特別鍾愛小保這個徒弟。

這時候還早，醫館未開門，小保於是帶著那一片信紙，走上樓梯到師父的拳館，上氣不接下氣地拍門。洪搖光剛好在天台練完功下來，看見小保，便問：「咦，小保，你不是已經回家了嗎？為什麼又回來？」

小保看見像親人一樣的師父，眼淚便又忍不住流下來，一把拉著師父，咬著牙說：「師父！多瑪老師被人殺掉了！」

洪師父面色一變：「什麼？跟我進來再說。」開門把小保拉了進拳館。

進了拳館，洪搖光首先為剛剛在四月逝世的黃飛鴻師父上香，然後叫小保一起，向神台拜了三拜。洪搖光讓小保坐下後，便叫他把今早看見的情況告訴他。

小保仔細描述了老師伏屍案頭的畫面，特別是他背後的傷勢。洪搖光想了想，問道：「多瑪老師有沒有和什麼人結怨？」

小保說：「老師平常和藹可親，很難相信他與人結怨。有關他的過去，我只知道他在英國時是一位教會的傳道人，也是一位教師。他對東方的哲學和文化很有興趣，花了很多時間研究，亦通曉中文與中國文化。

「十多年前教會打算派人來香港傳教兼辦學，他便成了不二人選。老師雖然年紀不小，但精力充沛，對孩子十分有耐心，在水上小學由早到晚不停地工作，同時教幾十個不同程度的學生，晚上還要改功課和準備第二日的教材，好像永遠不會疲倦似的。

「我就是怕他太辛苦，也因為想報答他對我的教導，才經常去幫忙。有時改改小朋友的功課，有時教教低年級的學生。」

洪搖光問道：「除了教書，他有沒有說過正在研究些什麼？」

小保想了想，說：「那倒沒有聽說過……呀，差點忘了，他死時手裡握住了這個。」小保把那一片信紙遞給洪搖光，問道：「師父，你有聽說過『排龍訣』嗎？是不是什麼武功秘笈？」

洪搖光看著那信紙，呆了一呆，又望了一眼小保，自言自語地說：「時候到了。」然後緩緩地對小保說：「『排龍訣』不是什麼武功秘笈，而是風水師用來看風水的口訣。據說在同一條街，之所以有些店鋪很興旺，正是由於坐落在『排龍訣』的適當的吉位，有些店鋪則很快倒閉，便是因為坐落在不適當的凶位。」

洪搖光頓了一頓，他又說：「有人跟我說過，坊間的『排龍訣』並不是真的。不過，小保，你既然是教徒，不碰風水算命的，這事便不應該再深究，不如盡快報警，讓警察處理吧。」

這時，小保才忽然想起前一天黃昏的英籍警察。他還記得，是那警察把一封信送給多瑪老師，並和老師走入船艙，之後老師便死了。

小保一咬牙，說：「我不信警察，我要自己查明真相！」

洪搖光看著小保，知道他和自己一樣，天生牛脾氣，所以想了想後便跟他說：「那好，要查，首先要對風水

有點認識。你去廟街找神算子，說是我徒弟，看他願不
願意教你吧。」

芳子

　　在簡陋的油麻地火車站的路軌上，擠滿了想北返聲援內地工潮的工人。然而，由於九廣鐵路被勒令停駛，他們都只能拿著大包小包的行李，坐在小小的月台上等待。就在此時，一個剃了平頭裝、身穿軍服、滿面英氣的俊俏小夥子走過蒸汽機車旁，身手矯捷地從路軌跳上月台。他一邊走，一邊戴上軍帽，並把帽子壓得低低。

　　火車站外，幾個衣衫襤褸的乞兒坐在路旁，向走過的人們行乞。他們有的拐著腿向路人伸手哀求，有的吹著口琴吸引注意，亦有在地上用粉筆寫些警世的文字。不過在大罷工的期間，大家生活都很艱難，所以他們的收穫不見得很豐富，地上的碗內沒有多少乞來的零錢。

　　就在這時候，那俊俏小子步出火車站，竟把一張匯豐發行的藍色一元紙幣放進他們的碗內。當時一元已是面額最大的紙幣，可以想見那有多不尋常。

　　在寫粉筆字的乞兒立即停下手，向那俊俏小子點點頭，然後揮揮手，召喚其他乞兒同伴一起離去。俊俏小子雙手放身後紋風不動地等待他們收拾，然後隨他們走到車站外的亞皆老街。

　　向東走了一公里，穿過茂密的木棉樹林，適值木棉

飄絮的季節，滿街白茫茫的，彷彿下大雪一樣，不禁讓人想到六月飛雪，必有冤情。

很快，他們到了一座古廟前，頭上牌匾寫著「大石鼓觀音廟」。廟門兩旁坐著兩個看起來十分潦倒的乞兒，但太陽穴高高鼓起，雙目精光四射，應該是一等一的好手。

那寫粉筆字的乞兒明顯是位領導，五短身材，蓄了長長的山羊鬚，前額光亮，後腦則又亂又髒地留著長髮，手上拿著一支有七節的竹杆子。他向門旁的兩個乞兒打了聲招呼，便逕自領著大家走進幽暗的廟內。

他先向俊俏小子正式敬了軍禮，然後自我介紹說：「我是九龍的團頭，大家叫我劉化子。歡迎川島小姐到來，內田良平先生早已有信，叫我們準備好一切，就等妳吩咐。」

那俊俏小子脫下軍帽，大家才看見她清秀的少女面容。「我是黑龍會派來的川島芳子，你們亦可以叫我顯玗。我和你們一樣，都是滿洲八旗人。客套話不說了，貨物是否已運到？」

劉化子恭敬地說：「格格，妳貴為皇室之後，我們怎敢直呼妳的名字呢？我們還是叫妳川島小姐吧。回稟小姐，貨物已經做好防腐，放在這個觀音廟的地牢。」

川島芳子滿意地點點頭：「那麼，地方是否已找到了？」

劉化子垂下頭帶點惶恐地說：「我們目前仍在查，最近在追查英國鬼那邊的線索。那次我們拷問其中一個英國鬼，沒想到他如斯弱不禁風，支持不住……死了。

小姐，妳也還記得當時的情況吧！」

川島芳子冷冷地問：「那現在怎麼辦？」

劉化子答道：「幸好，英國鬼既然已經開始追查，他們一定會現身，我們只需要跟蹤他們，坐守漁人之利便成。」

川島芳子銳利的目光盯著劉化子，一字一頓地說：「給‧你‧一‧天。」便轉身離開了觀音廟。

劉化子轉向其他乞兒說：「這次不是為了錢，而是關乎我們滿州國的復國大業，所以你們只許成功，不許失敗！」

天璇

　　小保依照洪搖光的指示走進廟街找神算子。聽洪搖光說，神算子在廟街無人不識，但是他並沒有檔位，而是在後巷的某幢樓樓上為人批命，所以必須找個仲介人介紹。洪搖光說已通知了人去接他，叫他在街頭等。

　　小保到了廟街，由於時候還早，很多攤販還沒開檔，他唯有坐在榕樹下靜靜等候。這時候，他瞥見街尾好像有三個乞兒在偷偷看他。當小保回頭望向他們時，他們卻忽然不見了。這時他想起在水上小學走上船頭的那幾個乞兒。莫非他們是同一幫人？

　　就在此時，一位女子出現在小保身旁。女子身形修長，皮膚白皙，面圓圓但下巴尖尖，雙目深邃帶水光，彷彿能一眼看穿對方似的。一身淡黃旗袍，盡顯東方女性的美態。看樣子她還很年輕，可能 18、19 歲之間，面上稚氣未脫，和小保差不多。

　　「哥仔，你為什麼坐在這裡？聽歌沒那麼早呢。」女子笑著說。

　　小保嗅到一股熟悉的香味，回頭一看，立時嚇了一跳，因為跟他說話的竟然是當紅的歌伶王天璇！

　　那時候，歌伶亦稱「唱腳」，一般會與樂師在茶居、

煙館，甚至娼寮等地方演唱。有名的，則會在「八音館」獻唱，所謂「登台」，並吸引了不少有錢的捧場客來打賞，伴奏的樂師也因此叫作「八音佬」。八音館對這些當紅的歌伶與樂師十分尊重，會準備好茶、生果等等，又會為他們撥扇，完場後更會準備好宵夜飯菜招待他們。

小保當然沒有錢去八音館聽歌，但平時學完拳，走過油麻地北海街和越南街（即西貢街），不時會看見王天璇與八音佬離去時的排場，加上油麻地大街小巷都貼滿王天璇的海報，王天璇在九龍真是無人不識。小保正是為了聽王天璇的歌，不惜晚晚到八音館做兼職，斟茶上菜，務求能見王天璇一面，聽她唱一首歌，甚至沒有薪金他都願意。而他最開心的，便是能一邊為王天璇撥扇，一邊呼吸著她淡淡的女兒香。

現在心中的女神卻忽然出現在身旁，小保一時回不過神來，只能結結巴巴地說：「呀……我其實是……呀……乞兒……呀，不，不，我是來找神算子的。」

王天璇斜眼看了看小保發窘時又俊俏又可愛樣子，忍不住噗哧一笑，一手拉著他，一邊說：「哪有人那麼早算命的？來，陪我去飲早茶！」

小保從來沒有拖過女孩子的手，現在自己的大手給王天璇一把握著，面上立刻變得通紅，只好硬著頭皮和王天璇一起走向桂香樓。當時，飲茶的地方分茶室、茶樓和茶居，其中茶室是最高級的，而桂香樓正是附近最高級的茶室。

部長老遠見是王天璇，早已畢恭畢敬地在門外等候，把他們兩人領到私人廂房坐下，伙計們立即端上香

氣濃郁的普洱茶和一碟落花生。

小保受寵若驚，實在不太敢開口，只是低著頭偷偷看王天璇品茶。王天璇向部長和伙計們點點頭，表示茶可以，大伙立即退下，留下他們二人在房內。這時，王天璇才望向小保，像是很欣賞他面蛋似地，不住微微地笑。

小保忍不住問道：「王小姐，妳為什麼把我拉來這裡呢？」

王天璇笑笑說：「我救了你一命，你還不道謝，真是的！」

小保奇道：「嚇！我只是個無名小卒，身無分文，有什麼危險？」

王天璇答道：「難道你不看新聞紙的？早幾年，渣甸和太古的海員要求加薪被拒，工會於是發起大罷工，還步行返廣州，結果被警察在沙田開槍射殺，你有聽過吧？」

小保回答道：「是有聽說過，也聽說他們得到了孫中山先生的支持？但我家是打魚的，並沒有很留意。」

王天璇續道：「工會現正發動第二次省港大罷工，聲援在上海工潮中被英租界巡捕射殺的學生，據說全國有過千萬人響應。本港也有十多萬人罷工罷課，不少人又要行路返廣州。港督司徒拔態度強硬，已停了九廣鐵路，不許大家回國了。」

小保仍然很困惑：「那跟妳救我有什麼關係？」

王天璇笑道：「你不見街上水靜河飛？那是因為工

會下了命令，誰上班就打誰。他們聘請了丐幫負責巡邏市中心，我猜剛才正是有丐幫的眼線盯著你，看看你是否在上班。若你拉開任何一張鐵閘，我保證你立即給他們打個半死。」

小保恍然：「那真的要謝謝妳！但……世上真有丐幫嗎？我還以為是說書人的創作！」

王天璇笑笑：「當然，哪一行沒有組織呢？聽說他們很多都是滿清的貴族子弟，從大陸流亡到香港。這幫人以往在京城便已四處撩事鬥非，今天更演變成誰有錢給他們，他們便替誰辦事。他們寧願當乞兒披頭散髮，也不願剪辮子。好了，我救了你一命，那現在你要怎樣報答我？」

小保又窘起來：「我……沒有錢，也請不起妳在這裡飲茶……。」

王天璇饒有興趣地望著他：「這個我知道。那不如你告訴我為什麼要找神算子？你不像會去算命的小伙子。碰巧我也認識他，若你的理由夠好，也許我會帶你去找他。」

小保想了想，也不知道洪搖光聯絡的仲介人什麼時候才到，於是咬咬牙說：「那好，我就告訴妳。」

當下小保就把多瑪老師被殺，手裡握著「排龍訣」的一角，以及洪搖光師父的吩咐，一一告訴王天璇。王天璇若有所思地看著茶杯靜靜聽完，良久都不發一言。

小保於是說：「對不起，我也不想把妳捲入謀殺案裡，但我不知應該信誰，特別不敢信英國鬼警察，所以沒有報警。妳剛才也說了，警察曾在沙田殺人，也許老

師也是被牽連的？不管怎樣，始終那封信是警察給老師的，之後老師就死了，那警察怎都撇不清關係。」說著說著，眼眶又紅了。

王天璇拍了拍小保的肩膀，說：「放心。其實我便是洪師父派來接你的人，但是他沒有告訴我背後的原因。既然你要查的是謀殺案而不是排龍訣，我覺得應該先帶你去見一個人，反正神算子也沒有那麼早起來。」小保點點頭。

王天璇於是結了帳，和小保一起離開茶室，上了人力車，一路向東走去。

人力車在九龍寨城停下，小保與王天璇雙雙下車，走進這個「三不管」地帶。

就在割讓香港島的《南京條約》簽訂後五年，清政府擴建了九龍寨城，並由廣州府新安縣大鵬協左營駐防，設有衙門，讓大鵬協府及九龍巡檢司作衙署。到了1900年，經兩廣總督李鴻章與英國交涉，英國不再管治九龍寨城，但清朝亦無能力管治，結果讓九龍寨城變成中、英、港「三不管」地帶，從此成了黑幫進行黃賭毒等買賣的地方。民國誕生後，軍閥割據，讓大量新移民逃到香港，不少便住進了九龍寨城。

王天璇帶著小保從南門進城，然後在蜿蜒不盡，又濕又暗的巷弄中走著，似乎對這裡十分熟悉。小保不禁問道：「妳在這裡長大？」

王天璇笑一笑說：「從中國大陸逃來香港的，誰不在這裡長大？」

小保忍不住問道：「那妳家人有沒有跟著妳來香港？」

王天璇回頭望一望小保，便繼續向前行，彷彿自言自語地說：「聽其他人說，我父母本是土生土長的香港

人，但為了支持革命加入了興漢會，與幫會中人每天在這寨城裡密謀推翻滿清政府。我正是在那時候出世，所以九龍寨城可算是我的出生地。之後他們北上革命，結果雙雙戰死，是幫會的叔父們把我養大的。我當時年紀太小，對父母都沒有什麼印象，只知道我媽也是叫天璇，我的名字是繼承她的。我現在就是帶你去見這裡幫會的老大桓哥。」

小保也知道寨城有不少幫會盤據，但他從未接觸過幫會中人，更加沒想過會去見幫會的老大，立刻緊張到說不出話來。王天璇見小保沒回答，以為他對自己的身世沒有興趣，便也不再說話。

過了一會，小保見王天璇不說話，知道她可能誤會，便說：「其實我也是個孤兒。我父母也是在我還小的時候在一次海難中喪生，由於當時風浪太大，屍體遍尋不獲，只好用空棺來下葬。我一點都記不起他們的樣貌了，但還記得爸爸在船頭唱的漁歌。」

王天璇這時才知道，小保可能因為她的故事勾起了自己的悲傷，有點不好意思，正想說點輕鬆些的話題，小保卻又突然問：「那，興漢會其實是什麼幫會呢？」

王天璇說：「嗯，你可能以為幫會的會眾都是壞人，其實不是的。孫中山先生也是美國致公堂的『紅棍』（將軍）、秋瑾是日本三合會的『白紙扇』（參謀）、你師公黃飛鴻師父則是廣州的『睇場』（保鑣），為有交保護費的人提供保護。傳說，洪門本是清初時成立來反清復明的地下組織，後來在不同的地方有不同的分舵，包括台灣的天地會、粵桂的三合會、川黔的袍哥會、湘鄂

的哥老會和魯浙的小刀會等。清末時，鄭士良同志在香港成立了興中會的分部，又與哥老會、三合會聯合，成立興漢會，推動革命，會長正是孫中山先生。當時會員都在寨城這裡開會的。」

小保點頭說：「那妳現在帶我去見的桓哥，是不是興中會的老大？」

王天璇嘆了口氣，說：「不是的。推翻滿清後，幫會被不同的軍閥分化，外國間諜亦滲入幫會獲取情報，更有不少幫會開始經營賭場、妓院等維持生計。我作為一個無父無母的女孩子，像人球一樣被幫會中人拋來拋去，差點便淪落風塵。幸好桓哥收留、保護我，說我是忠烈之後，還在廟街找八音館的人訓練我唱歌，我才可以自力更生。我童年的娛樂，就是在廟街看人算命和聽人說書中渡過。」

說到這裡，他們走到一條較為寬敞的大街，兩旁攤販在木箱上點了不少蠟燭，讓這條街有燈火通明的感覺。不過路上躺滿了瘦骨嶙峋的人，不知是生是死，並傳來陣陣惡臭，也不知是屎尿的臭味還是屍臭。

小保掩著鼻，小心翼翼地走過這條發出陣陣惡臭的路。王天璇走在前面，頭也不回地說：「這條街叫光明街。旁邊那些店叫公煙館，即賣鴉片的地方。這些躺著的都是抽大煙的。每天都會有人來這裡把死掉的人拖走。」小保心中不禁想著：明明叫做光明街，卻充斥著陰霾和黑暗，這實在諷刺至極。

再拐多兩個彎，前面傳來吵鬧的聲音，牌坊上寫著「龍津賭坊」。小保跟著王天璇，經過番攤、排九、骰

寶等等攤位，那些賭徒似乎都已在這裡通宵達旦，個個賭到雙目紅腫，醉生夢死。他倆走到最後面的一道大門前，門柄雕了一雙咧開嘴的狼頭，樣子看起來非常凶猛。

王天璇溫柔地呼喚：「桓哥！」

門後立即傳來一把豪邁爽朗的聲音：「進來！」

王天璇推門進內，並示意小保跟著她。

門後竟然是一間十分闊落的辦公室，裝修美輪美奐，金碧輝煌，與外面的烏煙瘴氣簡直是兩個世界。房間兩旁放了不少古玩，牆壁上掛了不少畫作，看得出都是名家手筆，價值不菲。地上有張大地氈，繪有八卦圖，有八張太師椅依八卦的位置放成一個圓圈。太師椅後是一張很大的紫檀木桌，桌後坐著一位身材魁梧，卻又眉清目秀、文質彬彬的男人。他一身黑色套裝，雙目炯炯有神，嘴角卻帶著微笑，讓人有一種可以依靠的感覺。

那男人見到王天璇，立即長身而起，嘴角的微笑一邊在面上蕩漾開來，一邊說：「天璇！妳今天倒是很早！莫非妳也響應大罷工？」

王天璇笑著說：「桓哥，我們這些唱腳，手停口停，哪有資格罷工？」

桓哥走上前，示意王天璇與小保坐下，並問：「這位哥仔是？」

王天璇正色說：「他叫小保，是洪搖光師父的徒弟。我帶他來是有事請教桓哥的。」

小保立即說：「桓哥你好！」

桓哥笑著點點頭，然後向身後面的暗角招招手，立

即有兩個身穿過度緊身的旗袍，因而顯得很性感的小姐上前，桓哥說：「上茶！」兩位小姐立即退回黑暗中。

桓哥依然笑吟吟地：「哥仔，我有什麼可以幫到你的？有興趣來幫我？我正好缺人，你功夫如何？」

小保衝口而出：「不是的，桓哥，我想查出什麼是『排龍訣』，為我老師報仇！至少要知道他是為了什麼而死的！」

桓哥望了王天璇一眼，收起了笑容，對小保說：「排龍訣只是一些風水師父故弄玄虛的東西。」

這時，那兩位小姐盈盈地端上茶來，一個放杯盆，一個泡茶。

小保失望地問：「洪師父也是這樣說，那為什麼會有人為了一首口訣而殺人？」

桓哥於是問：「你能告訴我事件的經過嗎？」

小保便把多瑪老師被殺之事告知，然後道：「我估計事情是由那英國鬼警察找我老師開始的，可能要迫他交出那什麼鬼的排龍訣，他正在猶豫之際，便給警察殺掉了並搶走了那口訣。」

王天璇忽然插了一句沒頭沒腦的話：「當時船上有丐幫的人，他們剛才在街上也盯著小保。」

聞言，小保在心裡嘀咕：「我也不知道船上那幾個漢子是不是什麼丐幫，王天璇又怎能如此肯定呢？剛才她不是說為了阻止我上班，丐幫才派那些人過來嗎？」

桓哥看著天花板，若有所思地道：「明白。」然後回望小保：「好，我可以教你排龍訣，但我桓天樞從不

做蝕本生意的。你要我幫忙，必須幫我做一件事。」

小保囁嚅道：「請問……那是否犯法的勾當？」看著這房子的裝潢，以及桓哥那不可一世的氣場，小保再笨都明白他是寨城裡做黃賭毒生意的老闆，甚至如王天璇所說，他的幫會可能與軍方或外國勢力有勾結，正在走私軍火與情報也不定。

桓哥嘹亮的笑聲又響起：「不是不是。首先，在寨城裡做什麼都不是犯法的，因為我就是法律。」他對小保眨眨眼，又忍不住大笑。王天璇也跟著掩嘴笑起來。小保偷看了王天璇一眼，差點被她的笑容迷倒，立時面紅起來。

幸好桓哥彷彿看不見小保的窘態，繼續說：「只不過我要你做的，只是幫我把這一只皮箱拿去銀行，給黃大班、黃天璣那老鬼。我見你骨骼精奇，又是洪搖光的徒弟，應該學過些拳法，不至於丟了我的東西吧？」

小保看著放在桌旁的那個皮箱，沉甸甸的，又有密碼鎖，似乎是很多的現金。小保看看王天璇，王天璇水汪汪的眼睛回望向他，點了點頭。小保於是答應桓天樞：「好，我幫你。」

桓哥回復了開始時的泰然，起身在地氈上一邊踱步，一邊悠悠地吟誦：

「龍對山山起破軍，破軍順逆兩頭分。
右廉破武貪狼位，疊疊挨加破左文。
破巨祿存星十二，七凶五吉定乾坤。
支兼干出真龍貴，須從入首認其真。」

小保自幼聰明絕頂，多瑪老師教授的聖經金句倒背如流，所以只聽桓哥念了一遍，便已把這首古怪的口訣牢記在心。

　　桓哥重新坐下，望向小保，說：「這口訣主要是說 12 個方向的星曜排位。『龍對山山起破軍』的『龍』就是龍脈，在來龍的方向開始排星，第一顆星就是『破軍』。」

　　小保登時頭大了一倍。說到底他上的是教會的水上小學，多瑪老師是不會教他們這些中國的傳統東西。再說，就算大戶人家上私塾，也不會教學生什麼是「破軍」。

　　桓哥見小保一面困惑，於是便解釋：「破軍是北斗七星中的其中一顆。你知道什麼是北斗？」

　　小保說：「當然，我是水上人，自幼便懂觀星，也有聽說過『北斗七星』，和好像有『北斗九星』。北斗便是老指著北極星的那個星座，對嗎？外國人認為它是大熊座的尾巴。」

　　桓哥說：「對的。然而，在中國的天文學裡，天空分為三垣二十八宿，而北天就像一個大王庭，『紫微』就代表皇帝，他的宰相叫『天相』，他的司庫叫『天府』，諸如此類。還有，『貪狼』意徵著貪婪與欲望，而『廉貞』則代表著清白與正直。每顆星星都有自己的角色或象徵意義，各自有著不同的擔當。」

　　小保點頭示意明白。

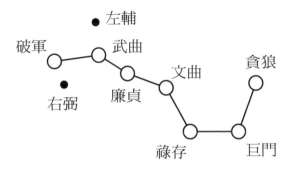

桓哥繼續說：「至於繞著紫微旋轉的北斗，分別是『貪狼』、『巨門』、『祿存』、『文曲』四顆星所組成的斗魁，與『廉貞』、『武曲』、『破軍』三顆星所組成的斗標或斗柄，這就是『北斗七星』；加上兩顆伴在斗柄兩旁，比較暗的，叫『左輔』、『右弼』，便是『北斗九星』。

「『破軍』正是斗柄的最後一顆星。它們本是『帝車』，亦即皇帝的馬車。後來道家把北斗九星都奉為神祇，所謂南斗管生、北斗管死。你可聽過諸葛亮擺下北斗七星燈來續命？他正是要向北斗星君求不死。」

小保本以為是天文學，便一直留心聽桓天樞的解釋，卻怎料桓天樞講下去，開始把不少邪神拉進話題來，讓他開始覺得不自在。始終，他自幼在教會學校長大，連天后他都不敢拜，更何況是北斗星君，又管生又管死的。他想了想，決定把話題轉回排龍訣。

小保試著說：「那排龍訣中的破字，都是指『破軍』星，而後面的是北斗九星的另外兩顆嗎？亦即是『破武貪』是破軍、武曲、貪狼；『破左文』是破軍、左輔、文曲；

『破巨祿』是破軍、巨門、祿存嗎？」

桓哥欣喜地說：「孺子可教。正是這樣。」

這時，兩名黑衣彪形大漢忽然闖進來，氣急敗壞地說：「桓哥，有個印度警官來找你，還帶了十幾個B隊的人。」

桓哥不慌不忙，走向大門，頭也不回地說：「天璇，帶小保從後門走。小保，別忘了我的東西。」

王天璇立即拉著小保的手走向辦公桌後的布簾，小保順手拿起那只皮箱，一起快步穿過後門離去。

回到外面的光明街，彷如天堂與地獄的分別。小保一手緊握王天璇，一手牢牢抓住皮箱，在又濕又臭的小路上快走。這時小保禁不住問：「什麼是B隊？」

王天璇一邊走，一邊笑說：「A、B、C、D、大頭綠衣，追不到賊，吹BB！有沒有聽過？」

小保說：「當然聽過，但不知道意思。」小保心裡開始覺得，王天璇雖然只是一個歌女，卻好像百科全書一樣，什麼都知道，可能賣藝者接觸的人多且廣吧。他小小一個漁夫，每天只是看著大海，什麼都不懂，突然覺得有點自卑。

王天璇解釋：「A隊就是英國鬼從愛爾蘭招募的警察，也包括從俄羅斯等地找來對付海盜的歐洲警察。B隊則是印度來的警察，據說他們因為信錫克教，要包頭巾，不用戴帽，所以又叫大頭綠衣。C隊是本地人，D隊則是從山東找來專門對付罷工分子的壯漢。」

小保恍然大悟。王天璇接著說：「寨城幫派林立，

一般都是由 C 隊管治。最近由於怕 C 隊支持罷工分子，港督已要求他們繳械，剛才來的才會是 B 隊。」

這時，前面突然傳來打鬥聲，他們上前一看，幾個黑衣大漢正背著他們，再前面有三個印度警察，他們排成三角形，頭上包著頭巾，為首的拿著一把短短的短劍，喃喃念著些什麼，然後指向幾個黑衣大漢，後面兩個雙手不停地捏出不同形狀的手印，一雙鐵手鐲噹噹作響。那幾個黑衣大漢本正摩拳擦掌，卻忽然頭痛欲裂的樣子，抱著頭在地上打滾。

王天璇見狀，立即拉小保走入小巷，卻又碰上另一個印度警察。小保見來者不善，自己又是學武之人，自然而然地挺身擋在王天璇前面。那警察一臉不屑，右手一記手刀便劈了下來。

小保聽見那手刀竟帶著風聲，不敢硬碰，立即來個鶴嘴沉肘，右手勾開對方手刀，左手啄向對方右眼，卻原來那只是警察的虛招。對方一個旋身，竟在地上連續旋轉了兩個圈，就在地下向上射出來勢洶洶的雙龍出海。

小保沒想到帶著風聲的手刀竟是虛招，對方在旋轉時又把自己雙手都蕩開，到雙拳來到胸前時已想不到如何應付，只好雙弓伏虎，左腳後退成弓步，左掌迎上對方右拳，右掌架開對方左拳。當小保雙掌碰上雙拳時，對方的鐵手鐲忽然噹噹作響，他立即覺得兩臂像是被電擊一般酸麻，然後「卡」的一聲，他已被對方用手銬鎖住。

小保震驚不已，不是因為三招使下來便已被擒，而是因為他一直以為中國功夫是最厲害的，卻竟然敗在印

度的武術之下。就算剛才那三個印度警察用的是妖術，這一個印度警察用的肯定的硬橋硬馬真功夫。他實在輸得心服口服。

沮喪的他回頭一看，王天璇不知何時已逃掉了，讓他略感安慰。不過，那皮箱卻落入了警察的手裡，又讓他非常焦急，擔心桓哥不知會如何追究。不過這時已顧不得那麼多。小保被那印度警察推上了囚車，與好幾個黑衣彪形大漢一起擠著。

路上小保好奇地問那些黑衣漢子：「你們是桓哥的人嗎？」

黑衣漢子看也不看他一眼。只有其中一個較為年老的望向他，用沙啞的聲音跟他說：「你是剛才見桓老大的客人嗎？」

小保答：「是的，桓哥叫我辦點事，可惜看來我今次搞砸了，真是出師未捷身先死！」

那老者微微抬起頭，在昏暗中仍能看見他下頦的一縷雪白色山羊鬍子。他微笑說：「這也不怪你。我們這些行走江湖的，都暗溝裡翻船，你一個黃毛小子又怎會有勝算。」

小保說：「不是說寨城是三不管的嗎？為什麼警察會來拉人呢？」

老者說：「儘管寨城是三不管的，我們仍是會派片（賄賂）給警察的。不過來收規（賄款）的一直是本地警察。最近因為大罷工，警察都換成印度來的，他們不懂規矩，於是開始和我們發生衝突。」

小保說：「原來如此。我看他們好像會妖術。」

老者說：「那不是妖術，應該是天竺的鎖魂大法，只是我們平常聲色犬馬，心智薄弱，才抵受不住。據說這些印度警察每天練習冥想、觀照等兩個時辰，所以精神力量很強大。」

小保仍想再問，囚車已到警署。小保被那些印度警察推進囚室，和其他黑衣人分開來獨自監禁。他見無聊，便喃喃地念誦「排龍訣」，看看能否破解它的意思。

囚室雖然不見天日，但是小保應該只待了一會，也許是一盞茶的時間吧，他便聽到鑰匙開鎖的聲音，然後有個中國籍的雜差（便衣探員）把他帶到警署的角落，推他進去一間看似辦公室的房間。

說看似辦公室，一來因為房間沒有窗，顯得很昏暗；二來桌上地上佈滿檔案夾與雜物，牆上又貼滿不同的地圖和照片，讓這裡更像是儲物室。

雜差把小保帶到後，便無聲無息離去，留下他站在一個黑暗的房間中。

玉衡

　　就在小保不知為什麼被帶來這裡時，桌上的黃色檯燈忽然亮起，映照出桌後一個光滑面龐的下半部分，以及他寬闊的胸膛和粗壯的臂膀。這人明顯也是習武之人，且已習得一身橫練的硬功。

　　小保低聲問道：「請問你是？」

　　對方答道：「朱玉衡探長。」

　　小保又問：「哦，請問你找我來是……要審問我？我實在什麼都不知道。」

　　朱玉衡說：「你先坐下。」然後慢慢在衣袋裡拿出一個小銀瓶，喝了一口烈酒，酒香濃得連在對面的小保都能嗅得到。

　　在朱玉衡對面坐下後，小保雙眼漸漸適應，只見朱玉衡眉清目秀，臉頰通紅，若不是一身肌肉，也許還更像個美女！小保想到這裡差點笑了出來。

　　朱玉衡見他面色有異，以為他很害怕，便說：「別擔心，我是來幫你的。」

　　小保奇道：「我還以為本地警察都已撤職呢！請問朱探長你認識我嗎？」

朱玉衡說：「本地警察是被繳械，不是被撤職。至於我與你，這的確是第一次見面，但我聽那些印籍警察說你會一點中國武術，所以等到人少些的時候放你出來。你是不是洪搖光師父的徒弟？」

小保答道：「是的，我是小保，師承洪搖光師父。」

朱玉衡說：「師侄，我正是洪師父的師弟。」

小保喜道：「原來是師叔！那你是否可以放我走？」

朱玉衡說：「不是不可以，但我要先知道為什麼你會有一皮箱的現金。」

小保心想，那皮箱內裝的果然是錢，於是說：「那是有人托我拿到銀行存放的。師叔你幫人幫到底，能否把那皮箱還給我？」

朱玉衡說：「那視乎你是在幫誰。」

小保自忖：「雖說受人之托，忠人之事，本不該說。但若錢給警察充公了，那桓哥仍是血本無歸。倒不如搏一搏，看看師叔會否顧念大家同門而網開一面，說不定他以前也收過桓哥不少好處。」於是小保便坦白地交待：「是桓哥要我把皮箱帶給黃天璣黃大班的。」

朱玉衡聽到他這樣說，竟有點如釋負重似地說：「原來如此，那我可以幫你。」小保喜不自勝，畢竟押對了寶。

朱玉衡解釋說：「師侄，你別怪我，我們收到線報，商團因為不滿孫中山先生的廣州軍政府和蘇共合作，又巧立名目苛收稅款，在得到港督秘密的支持下，挪用了東華三院的一筆善款，正準備運到廣州發動兵變。警

隊警司都是英國鬼，一直想打倒孫中山的軍政府，當然睜隻眼閉隻眼。我們華人雜差房雖然人少，卻有一定的自由度，正在秘密調查。剛才正是懷疑你的錢是商團的錢。」

小保只聽明了一半，說到底他只是一介漁民，現在他最關心的是能否幫桓哥把錢送回銀行。不過為了弄清楚形勢，他還是問了一句：「那師叔你是幫廣州軍政府的？」

朱玉衡嘆了口氣，又喝了一口酒，說：「英國人支持腐敗的北洋政府，港督則本來支持暴虐的廣州軍政府，聽說現在又改為支持商團。政治的東西我也不是很懂，只知道受苦的一直都是老百姓。今次我純粹覺得挪用善款是不對的，因而在追查。」

小保表示瞭解，又問道：「那師叔你是否在廣州寶芝林習武時認識我師父的？」

朱玉衡說：「不是的。我和師兄兩家是朋友，所以小時候便已認識，大家又都喜歡武術，所以透過幫會介紹，一起跑上廣州拜師。想不到時局如此混亂，差點沒法在槍林彈雨中逃回來。我聽過師兄說，他很開心收到個好徒弟，那肯定就是你吧？」

小保不好意思地說：「嗯，應該是我吧，不過我明顯學藝不精，有辱師門，否則又怎會給拉了來這裡呢。」

朱玉衡笑說：「你只是學了拳腳功夫，不會打得過有修練精神力量的高手。正所謂『練拳不練功，到老一場空』，要更上一層樓，必須學吐納內觀法，打通身體的經脈。話說回來，給拉來這裡也不是壞事，至少讓師

叔見見你。」

小保這時想起王天璇，非常擔心，問道：「師叔，除了小保，剛才警察有沒有也抓到王天璇？王天璇就是那個八音館裡唱歌的唱腳⋯⋯。」

朱玉衡說：「知道了。九龍又有誰不認識天璇呢？今朝收隊後呈上去的犯人記錄裡，應該沒有女的。我早些時也巡視了一次囚室，沒有看見，所以你可以放心。呀，說起來，我那時看見你在囚室一直念念有詞的，你在念什麼呢？」

小保見朱師叔如此親切，於是把他在追查多瑪死因的事告訴他，亦告訴他「排龍訣」可能是線索。小保最後亦不避嫌跟朱玉衡說，他懷疑是 A 隊的英籍警察做的。

朱玉衡微一沉吟，悠悠地說：「我不相信一個英國警察會在香港殺另一個英國人。這事聽你的描述，有可能是丐幫的人做的。」

這是第二次小保聽人提到丐幫，問道：「難道香港真的有丐幫？」雖然王天璇跟他說過，但他還是不太相信。

朱玉衡說：「其實在清初已有丐幫，都是些八旗子弟與無業遊民，被稱為黃、藍杆子。他們以前有朝廷供養，終日遊手好閒，少時學一些三腳貓功夫，大了便恃著有靠山，四處欺凌弱小。革命後，不少八旗的紈絝子弟來到香港，又沒有謀生的能力，唯有流浪街頭，替幫會辦事，賺兩口飯吃。」

小保問：「即是說有人僱用他們去殺多瑪老師？」

朱玉衡說：「很有可能。你說多瑪致死的傷勢像是鞭或棍子造成的，那似是丐幫長老的武器。他們以杆子有多少節來分辨職級高低，而有七杆的長老們一般內功較為深厚，所用的杆子揮舞起來會像柔軟鞭子一樣，造成的傷口長而深。

「所以小保你小心點，長老級的武功就不是三腳貓功夫了。這事既與排龍訣有關，你還是去找黃天璣問問，他應該會知道，因為銀行的選址與裝修都十分講究風水，但跟其他人便不要再提。」

小保點點頭：「好，那我現在立即就去銀行找黃大班吧。」

朱玉衡說：「世侄，那你自己保重，師叔不能和你一起去了，我還要在英國佬未上班前，查出善款被挪用的真相。」

小保再點頭，表示理解。朱玉衡於是把皮箱交回給小保，並帶他辦好手續，放他離去。臨別時，朱玉衡承諾會打電話給黃天璣，叫他做好準備。

木棉

　　劉化子步履穩健地走到大石鼓觀音廟後的樹林，準備向川島芳子匯報最新的進度，卻看見川島芳子正負手觀賞木棉樹。

　　劉化子輕聲說：「川島小姐？」

　　川島芳子依然背對著他，悠然地說：「你知道木棉樹為什麼又叫英雄樹？」

　　劉化子呆了一呆，答道：「是因為它樹幹粗壯？」

　　川島芳子凝視著面前的一棵木棉樹，帶點感慨地說：「木棉樹是海南黎族的圖騰。據說，黎族聚居在海南島，經常有人攻擊他們，但在他們的領袖吉貝的領導下，卻從未有人能成功佔領他們的土地。直到有天，吉貝被族中叛徒出賣，孤身在五指山陷入重圍。他狀若天神，奮勇殺敵，結果沒有人敢走近。於是敵人唯有四方八面地向他放箭，把他射成刺蝟。

　　「然而，吉貝依舊屹立不倒，傲然地站在山頂上。結果上天被感動了，把他的身體變成樹幹，身上的箭變成樹枝，並把他流出的血變成火紅的木棉花。換句話說，木棉樹就是吉貝的化身，是英雄的化身。」

　　劉化子聽完故事，說：「川島小姐意思是，只要我

們也如此堅毅不屈，便能成為滿洲的英雄？」

川島芳子笑了笑：「當然如此。不過，我剛才在想的，是孫中山先生。他就如吉貝一樣，英年早逝，成了英雄。」

劉化子怔了一下，問道：「難道……川島小姐意思是，我們不應該復活他？我倒真有想過，孫中山先生是推翻我們滿清帝國的仇人，我們為什麼要復活他？復活又如何幫助我們復國呢？不過我只是一個粗人，資質魯鈍，想不明白也是活該……。」

川島芳子回過頭望著他，嚴詞厲色道：「別胡說！組織的命令，誰敢違背？」

然後，她回頭一邊繼續觀賞木棉樹，一邊徐徐地說：「20年前，我們『黑龍會』與孫中山合作，合併了『興中會』、『華興會』和『光復會』，成立了『同盟會』，當時我會的內田良平先生在黑龍江親自策劃，希望能讓日本吞併整個中國東北，並向西擴展，續步吞併蒙古和西伯利亞；至於孫中山則被推舉為『同盟會』的總理，負責長城以南的擾亂活動，進行『國民革命』，推翻滿清帝制，大家是歃血的盟友。」

劉化子隨她一起望著木棉樹，說：「我知道『黑龍會』在佔據北方後，確實有提供武器和金錢給『同盟會』在南方進行革命，把我們大清政府搞得陣腳大亂，最終幫助孫中山先生在『辛亥革命』中推翻了帝國，瓦解了帝制，還聽說高喊什麼『驅逐韃虜，恢復中華』，因此我才這麼困惑：格格為何要加入他們？」

川島芳子笑了笑，冷冷地說：「我們還沒有資格選

擇誰是盟友。總之，誰強大誰就是盟友……不過，我們不應忘記吉貝是如何死去的。」

劉化子如墜入五里霧中，問道：「川島小姐認為我們組織裡有叛徒？我敢保證，丐幫的兄弟都是可信的！」

川島芳子沒有回答，只是淒然一笑。

衣缽

　　從寨城龍津賭坊的後門逃出後，王天璇本以為把小保拉入後巷便能順利逃走，始終印度警察不會像本地警察一樣，熟悉寨城盤根錯節的小路。怎料竟有印度警察早一步在那裡埋伏，把小保抓走了。幸好在小保和那警察過兩招的瞬間，王天璇看見旁邊的公煙館大門虛掩，於是閃身進去，躲在布簾後，裝作吸大煙。

　　王天璇在布簾驚魂甫定，想起小保給抓走了，一方面很擔心，一方面不知怎的，竟有種被保護的甜蜜感覺，臉頰又紅了起來。不過王天璇知道現在擔心也沒有用，見外面再沒有什麼動靜，便輕手輕腳地走出公煙館。

　　可是一踏出公煙館，王天璇便看見黑暗中有個印度警察在等著。那個警察一見她走出來，便一記手刀從左邊由下而上劈上來。這個角度說多奇怪有多奇怪，完全不合符中土格鬥的傳統。

　　王天璇想也不想，雙腳內旋成「二字拑羊馬」，左手向下「耕手」把他的手刀掃開，右手同時「日字衝拳」。

　　印度警察沒想到一個弱質女流反應那麼快，拳勁又快又狠。他本要變招，卻奈何小巷空間太小，沒辦法在地上旋轉飛腿橫掃，唯有先退一步。

王天璇得勢不饒人，「攤打」、「標指」、「正腳」等，一招接一招，如江河一瀉千丈，行雲流水，毫無停滯。那警察只能不斷揮拳擋架，不一會便已滿頭大汗，忍不住用很重口音的廣東話問道：「這是什麼功夫？」王天璇一邊繼續插喉、撩陰、箍頸，一邊答道：「佛山，詠春，師承吳仲素。」

印度警察見佔不到便宜，唯有呼嘯一聲，硬捱了王天璇的一掌，退出小巷。王天璇知道在巷外便不再是他的對手，所以也不敢追，轉入另一條小巷，進入另一道大門。

在門裡面有個穿著黑衣的老人，看守著身旁一個貴重的儀器——一個燭台電話。香港早在十九世紀八〇年代便由東方電話電力公司引進了公共電話，本年香港電話公司成立，收購了東方電話，並獲得政府批出 50 年的專營權。當時電話並不算普及，亦需要接線生為致電的人接駁。身在警署的朱玉衡或銀行的黃天機有電話並不出奇，但是一般人卻不會花這個錢。

然而，不少幫會首領為了方便統籌革命行動，在寨城裡設立了很多小房子，配備電話，以作緊急通訊的用途。王天璇正是跑到桓老大的其中一個通訊站。

接線生叫王天璇等一會，電話另一頭便響起一把老者咳嗽的聲音，然後有點辛苦地說：「天璇？發生什麼事？」

王天璇說：「辛老師，我和小保走失了。他應該落到了警察手上。」

老者說：「明白。他資質如何？是不是如老洪所說

那樣，能繼承我的衣缽？」

王天璇說：「老師，這個我不知道，不過他的記性與人品是不錯的，我正準備把他帶過來見你。」

老者說：「好的，我叫老湯試試他，妳自己一切小心。」

王天璇說：「知道，老師。」

天璣

　　由朱玉衡的警署走向銀行的路並不遠，雖然是大白天，但是由於大罷工，街上有種末日般的荒涼感。小保走著走著，感覺到有人在跟蹤他，於是加快步伐走向前。就在銀行在望的時候，聽到後面有急速的腳步聲，聽起來像是七、八人。

　　小保深吸了一口氣，立時轉身，看見那些所謂丐幫的人也一起停下，並打橫排成一線，一起盯著他看。中間有個年紀大一些的踏前了一步，開口發話：「我是本幫的七杆長老劉化子，我們想問你，你和多瑪是什麼關係？他偷了我們國家的機密，你是否知曉？」那長老雖然站在幾十尺以外，也不見得有提高嗓門，卻字字清晰地傳到小保耳裡，可見如朱玉衡所說，他肯定是個內外雙修的高手。

　　小保不亢不卑地答道：「我是小保，多瑪是我老師。我們是基督徒，『十誡』明文不能偷盜，我不信老師會是個賊！」

　　劉化子說：「炮轟我國、劫掠中華的八國聯軍，又有誰不是基督徒？年輕人，你別太天真。還是你只是在裝傻？你手裡那皮箱會不會正好是我們被偷掉的東

西？」

小保最忍受不了別人說他老師壞話，立時右腳屈膝，左腳前點，並推出左掌，以「龍虎出現」作為起式。只苦於右手要緊握皮箱，不敢放手出拳。

劉化子冷笑一聲：「就憑你一點點的功夫就想挑戰我們？」

劉化子身後這時走出一個身材瘦長的男人。對方雙眼精光閃閃，嘴角有種準備貓玩耗子的邪笑。他看似很輕鬆地一步一步走，走得不快，卻倏地來到小保面前。小保想觀察他哪一步是虛，哪一步是實，竟然看不出來，不期然向後退了一步。那男人好像能感應到他的動作似的，亦步亦趨地向前踏了一步。

小保知道這是傳說中的氣機牽動，不敢再退，立即轉招成虎擒羊，以左掌變爪直接叉上對方咽喉，心裡想：「如此強勁的高手，朱師叔竟說是學了三腳貓功夫的紈絝子弟！」說時遲那時快，對方隨手一個掤勢，迅即轉成進步搬攔捶，右手由掤勁轉採勁，把小保的爪攻帶開，上下相隨，一個旋身，一拳打在小保左胸，小保立即彈開，氣血一股腦兒湧上來，好一刻鐘無法呼吸。

然而，小保一直死命抓緊那皮箱，拿在背後不敢放鬆，心裡想：「原來是個太極高手。洪師父只教了我剛強的硬功，太極這種能以柔制剛的拳術正是我的剋星，看來我要盡快溜才成。」

可恨小保每退一步，對方便又如影相隨地攻上。小保只有左手擋架，顯得左支右絀，結果一直後退，退到了銀行門口。小保弄得滿頭大汗，正不知如何是好時，

身後銀行的大鐵閘忽然打開，四個穿著銀行制服，手裡各拿著兩支古怪令旗的女子走出來，一邊揮舞著令旗，一邊包圍那個太極高手。

那高手身體立即開始旋轉，一正一反地不斷出掌拍打那四個女職員，不像是太極拳，更像八卦掌的步法，但那四個女職員身影飄忽不定，加上翻滾的令旗，更讓人覺得眼花撩亂，實在看不出誰佔上風。

劉化子身後的幾個丐幫漢子見狀，齊聲吆喝，一起衝前加入戰團。剎那間拳蹤腿影，如潮水般漲退不停。

小保趁這個機會喘一口氣，一步一步地退進銀行，後背卻碰到一個人。他回頭一看，只見一中年男人，白色國字面顯得耿直，眼神則敦厚仁慈，一身看得出是名貴洋裝，手上戴著金色的瑞士名貴自動錶，卻捏著一連串的手印，小保記得師父說過，這是來自《抱朴子》的「六甲秘祝」，亦即「臨、兵、鬥、者、皆、陣、列、前、行」的九個手印。

只見那男人一邊捏著手印，一邊看著四個女子的陣勢，並不斷低聲交替地說著「休門」、「傷門」、「死門」、「驚門」等等像是指令的口號。隨著男人的指示，那四個女子不斷變化著位置，而那七、八個高手卻連那些女子的袖邊都碰不到，只是不斷地被那些令旗打中身體不同的部位。

這時，仍站在遠處的劉化子又用那低沉卻清楚的聲音說：「蜚廉，退下！」儘管打鬥中的漢子吆喝聲不絕，卻仍是讓在場眾人都聽得清清楚楚。為首那叫蜚廉的太極高手倏地又回到劉化子身旁。其他丐幫漢子雖然一直

佔不到便宜，卻始終在人數上佔優，都仍然能有條不紊地退回劉化子身後。

那中年男人也不再捏手印，雙手放回身後，並示意女子返回他背後。劉化子向那男人抱拳，說：「黃大班，我們在找一個對本幫極其重要的皮箱，抱歉不知道他是你的人，多有得罪。」

那被名作黃大班的男子，朗聲道：「晚輩承讓了，這小子手上的皮箱是我兄弟桓老大的，相信裡面應該不是你丟失的東西。」小保仔細看看，皮箱外表雖普通，卻有一個黑色金屬狼頭形狀的扣子。

劉化子點點頭：「是我眼力不夠。今天有幸見識黃大班你聞名嶺南的奇門大法，受益匪淺。時候不早了，不敢再打擾，就此告辭，改天再帶酒來向你陪罪。」說罷轉身離去。

黃天璣亦抱拳，一直目送他們在街角消失，才回頭望向小保，微笑說：「小兄弟你辛苦了。你一定是小保吧？剛才朱探長已知會我。」伸出手邀請小保進銀行內。

銀行平常在這個時候都是很繁忙的，不少職員在寫字檯上用算盤為帳簿結算，發出劈里啪啦的聲音。小保不禁問道：「不是說因為大罷工，沒有人上班嗎？」

黃天璣笑笑說：「重賞之下，必有勇夫。加上我用奇門陣法保護所有來到這條街的員工，員工都可以放心上班。」

黃天璣把一位職員招過來，從小保手上接過桓天樞的皮箱，然後領小保走上二樓他的大班房，叫小保在一套酸枝椅上坐下，立即有人為他們備茶。房間飄蕩著陣

陣的檀香，讓小保從剛才的打鬥中平復過來。

小保呷了口茶，也不知是哪處的茶，只覺得香味濃郁，入口清甜，還帶回甘。他彷彿到了天堂，抱拳向黃天璣說：「今天小保多得黃大班出手相救！否則我就有負於桓哥了。」

黃天璣亦呷了口茶，慈祥地說：「別說傻話。我看你冒死保護桓老大的東西，很欣賞。你的功夫也不錯，你為他賭坊工作嗎？」

小保答道：「不是的，我只是有事求教於他，所以答應為他送東西作為回報。可惜他還未有時間解答我的問題。我見他事忙，便先幫他把東西送過來，遲些再找他求教。那皮箱裡的是錢吧？」

黃天璣悠悠然說：「是的，那是桓老大把寨城的收入拿來救國的錢。我只是負責匯款押運。」

小保心裡一動，自忖：「希望這不是朱探長在查的善款。」於是問道：「我雖然孤陋寡聞，但也知道國內有很多不同的軍閥，聽朱探長說，好像沒有一個是好人來的。那你們的錢要給誰呢？」

黃天璣笑道：「錢要給誰，小保你還是別管了。這個年頭，銀行也是政治鬥爭中的一顆棋子。所謂北四行、南三行，還不是幫政府籌款買單的。一旦改朝換代，新政府便對行長們要鎖要拿的，認真無辜。我們作為在港的分行，擔當了中英兩個政府之間的橋樑，情況更是尷尬，所以我實在不太方便跟你說。」

那時候，所謂「北四行」就是金城銀行、鹽業銀行、中南銀行和大陸銀行，至於所謂「南三行」則是浙江興

業銀行、浙江實業銀行和上海商業儲蓄銀行。小保雖然一無所知，但既然黃大班不願再說，他也不好再問。

黃天璣頓了頓，問小保道：「即然你完成了桓大哥的任務，不如你把問他的問題拿來問我，看看我能不能幫到你？」

小保想起剛才黃天璣的奇門大法，估計他對風水算命也可能很懂，於是立即精神起來：「那太好了！我其實找桓老大是想學排龍訣。他已經把口訣告訴我，但我實在想不出裡面的意思。黃大班你明顯對奇門術數有研究，能否教教我？」

黃天璣微一沉吟，解釋道：「你也許以為奇門與風水差不多，其實相差很遠。雖然奇門亦有九星，即天盤的天蓬、天芮、天沖、天輔、天禽、天心、天柱、天任、天英等，跟風水用的只是名字有別，像天蓬星其實就是貪狼星。

「然而，天盤卻要與地盤、人盤和神盤配合，就像銀行保險箱的密碼鎖一樣，一環套一環。剛才我就是用人盤的八門去破丐幫的八卦陣，但奇門陣法必須跟著時間變化，這一刻的生門下一刻會變成死門，與風水 20 年才轉一次運也有著很大分別。不如你先把你所知的排龍訣背一次給我聽，我們一起研究？」

小保說：「明白！如果我沒有記錯，排龍訣就是：龍對山山起破軍，破軍順逆兩頭分。右廉破武貪狼位，疊疊挨加破左文。破巨祿存星十二，七凶五吉定乾坤。支兼干出真龍貴，須從入首認其真。」

黃天璣好像對小保真能記著口訣，非常欣賞，於是

先把它寫在薄薄的宣紙上，放在檯燈下，然後說：「明顯地，這是一個圓。

「自古中國人把天分成 10 個天干，地分成 12 個地支，即是說地上的方向有 12 個。『午』為南，『子』為北，所以至今經緯線中由北到南的經線仍是叫『子午線』。四個方向又有五行屬性，即南方屬火、北方屬水、東方屬木、西方屬金、居中則屬土。」

小保從來沒有學過中國的陰陽五行學說，只好瞪大眼睛看著黃天璣，一臉問號。

黃天璣見他這個樣子，明白過來，說：「好，我們不如先由五行說起。你無論如何都聽過金、木、水、火、土吧？」

小保說：「嗯，有的。」

黃天璣接著說：「我們用水為樹木灌溉，所以說水能生木，然後又用木來生火。火把木燒完後剩下的，是灰，也就是土。土在長年累月的壓力下，變成石，稱為金。你再看看，山上的山水都是在石隙中流出來的，所以金又生水。」

小保說：「噢，原來金是石頭！」

黃天璣笑說：「那只是讓你更容易記憶。你也要知道，水能澆熄火種，所以說水剋火，火又因能融化金屬，所以火剋金。用金造的斧頭可劈開木頭，所以金剋木。樹木又能制止泥土流走，所以木剋土。我們用沙包堤壩防治水災，常說水來土淹，所以土剋水。五行便是如此相生相剋。」

小保說：「哎，所以金又是石頭又是金屬。沒問題，我都記著了。」

黃天璣說：「好。那你知道今年是什麼年？」

小保說：「嗯，牛年？」

黃天璣說：「是，也叫乙丑年。這叫干支紀年。『乙』是天干，即『甲乙丙丁戊己庚辛壬癸』中的第二個。當中，甲乙屬木、丙丁屬火、戊己屬土、庚辛屬金、壬癸屬水。」

甲	乙	丙	丁	戊	己	庚	辛	壬	癸
木	木	火	火	土	土	金	金	水	水

小保說：「那即是說今年屬木？」

黃天璣說：「不能這樣說，因為還有地支，即『丑』，也就是『子丑寅卯辰巳午未申酉戌亥』中的第二個。當中，寅卯屬木、巳午屬火、申酉屬金、亥子屬水，隔在它們中間的丑、辰、未和戌則屬土。去年是甲子年，今年就是乙丑，每 60 年一個循環。」

子	丑	寅	卯	辰	巳	午	未	申	酉	戌	亥
水	土	木	木	土	火	火	土	金	金	土	水

小保雙手抱著頭，苦惱地說：「黃大班，我學這一大堆東西幹嘛？」

黃天璣說：「這些概念是中國術數的基礎。剛才我跟你說，子在北、午在南，因為地支也是地上 12 個方位。

南

東南

東

東北

北

西南

西

西北

子午線

午 未 申 酉 戌 亥 子 丑 寅 卯 辰 巳

那你便可以推斷北屬水、南屬火，因為亥子屬水、巳午屬火，對不對？」

小保終於開始有點理解。

黃天璣說：「還有，你有否聽過左青龍、右白虎？古時地圖南在上、北在下。左青龍即青龍在東，右白虎即白虎在西，加上南朱雀、北玄武，都與地支和五行有關。」

小保好奇道：「為什麼呢？」

黃天璣說：「因為顏色都有五行。青色屬木、白色屬金、紅色屬火、黑色屬水、黃色屬土。除了子午是北和南，分別配黑色的玄武和紅色的朱雀外，正東是卯位，屬木，所以才有青色的龍；正西是酉位，屬金，所以才有白色的虎。」

小保接著說：「感覺上，這些五行都是隨意按上去似的。」

黃天璣說：「不是的，你看看中國的地圖。東邊是種田的地方，西邊則是採礦的地方，南邊火熱，北邊結冰，中部是黃土高原，所以五行不是隨意按的。自古術士都不喜歡『土』，也是因為黃土數千年來不斷導致黃河氾濫。」

小保說：「黃大班，謝謝你的教導，但時間不早了，能否直接告訴我排龍訣的意義？」

黃天璣笑說：「真沒耐性。好，回到排龍訣。現在既然有四組星曜，即『破右廉』、『破武貪』、『破左文』和『破巨祿』，而如剛才說的，中國一直把南方畫在地圖上方，北方在下方，假若我們由南開始，順時針排下破軍、右弼、廉貞；由西開始，排下破軍、武曲、貪狼；由北開始，排下破軍、左輔、文曲；最後由東開始，排下破軍、巨門、祿存，看看會是如何？」

小保雖然在今天以前從來未聽過這些星曜的名稱，但還是把這些星變成一個圓環，畫在宣紙上。

黃天璣說：「畫得很正確。你再試試把它覆蓋在香港，看看有什麼啟發？」黃天璣指著身後的地圖。

小保把圓環疊在香港地圖上左看看右看看，覺得有點不妥，事關排龍訣若被套用在整個香港，那便有很多星曜落在一些還沒有開發，甚至沒有陸地的地方。小保靈機一動，換上一幅九龍的地圖，所有星曜立即能配上不同的地標。

小保望向黃天璣說：「若排龍訣是一幅尋寶圖，那肯定是用在九龍半島上的。至於寶藏在哪裡，我就無從知曉了。」

黃天璣微笑著點點頭，拍了拍小保的肩膀，說：「小兄弟，這事我覺得有個人會幫到你。那就是寨城裡天國義學的湯天權湯主任。始終我只是學了點奇門遁甲，但湯主任卻是國學大師。以你的慧根，若得他提點，必定事半功倍。記著，地支的五行與排龍訣有莫大的關係，這個你要記著。」

小保有點奇怪為什麼黃天璣不肯繼續解釋，但這些事也不能勉強，只好說：「好的，再次謝謝你剛才相救，並教了我很多東西。那事不宜遲了。請問地圖能借我嗎？」黃天璣點點頭。

小保立即起身，收起地圖與排龍訣，緊握黃天璣的手再次道謝，才快步離去。

茶莊

　　離開銀行後，小保四處張望，丐幫的人顯然已經不在。似乎他們真的很忌憚黃大班的奇門大法，縱使仍然貪圖皮箱裡的東西，但不敢再像之前那樣鬼鬼祟祟地留下來窺伺。

　　小保走向寨城，原本熙來攘往的街道因大罷工而變得平靜，然而一個人走在蕭條的路上，感覺卻又太冷清。小保想起了王天璇，心裡想著：「如果有她陪伴，就不會感到孤獨了。不知道她現在怎麼樣了？」但既然朱師叔已確認囚犯之中沒有女性，所以王天璇應該成功躲避了警察的追捕，因此小保並不太擔心她的安危。

　　突然，小保從遠處看到了一個短髮女子的身影。只見她身穿紫藍色的旗袍，在街角四處張望，然後迅速閃身進入了一家茶莊。

　　小保急步走到茶莊前，看見頭上有個燒焦了的牌匾，隱約寫著「大益茶莊」。他聽到裡面傳出聲響，於是停左門外暗處細聽。這時，劉化子正在用迫問的口吻說：「你再口硬，就別怪我心狠手辣！」

　　小保小心地探頭望進茶莊，只見茶莊應是被火燒過，四處頹垣敗瓦，因此空無一人。地上有兩個 B 隊的

印度警察倒臥在血泊中，一動不動。還有另一個較年長的警察，正在和揮舞著竹杆的蜚廉酣戰中，但都已是強弩之末，只是不住在捱打，不似能再多撐一柱香的時間了。他們明顯就是之前在寨城遇上的印度警察。

那個苦戰中的印度警察喘著氣說：「別以為你們的陰謀沒有人知曉！港督早已派我們嚴密監視任何在尋找聖壇的人，一定不會讓你們的陰謀得逞！」

小保心裡不禁想：「我和桓大哥的兄弟幾招之間就給這些印度警察制服，蜚廉竟然能夠把對方打到落花流水。看來剛才蜚廉在銀行前對黃大班有所顧忌，並未全力以赴。手下的武藝已經如此深不可測，七杆長老劉化子的功力肯定非同小可。」

剛到步的川島芳子這時朗朗地說：「這位印度差哥，何苦為了西方來的主人而賣命呢。我們亞洲人應該自己當家作主，別做西方列強的走狗。」

這時只見蜚廉的竹杆化成千萬度鞭影，像 100 條毒蛇般撲向這個警察身上的各個大穴，讓他痛不欲生，遑論施展他的鎖魂大法。

再聽到川島芳子的話，想起家鄉親友如何受到英國人的欺壓，印度警察頹然跪倒，在牙縫中擠出：「我說了。」

川島芳子在茶莊裡拉過一張完好的椅子，優雅地坐下，用一把低沉的聲音問道：「港府不是一直也支持孫中山的嗎？既然知道我們來做什麼，為什麼還要阻攔？」

看見川島芳子坐下，劉化子立即侍立在旁。

狀如鬥敗公雞的印度警察老實回答說：「港督的確曾不顧支持北洋政府的英國政府反對，支持孫中山，甚至邀請他來香港演講。不過孫中山不識好歹，竟聯合蘇共政府，甚至把軍隊交給蘇聯的軍官指揮，去攻擊曾經支持自己的粵系軍閥陳炯明，這讓港督非常不安。

「年初孫中山去世的消息一傳來，更傳說他的屍體被運到香港，港督便立即派我們嚴密監視有關尋找聖壇的活動。」

由於小保不敢走太近，聽得不是太清楚，加上對時事和政治沒有認識，只勉強知道與「港督」和「孫中山」有關，心裡不禁嘀咕：「究竟什麼是『聖壇』？」

川島芳子滿意地笑了笑，不知從哪裡拿出了一把白紙扇，一邊搖一邊再度問道：「港府似乎對聖壇所知甚詳。那你不如直接告訴我，聖壇的位置在哪？省得我走來走去尋找那麼麻煩。」

印度警察猶豫了半分鐘，直到蜚廉等得不耐煩，拿起了他的竹杆，那警察才嘆了口氣說：「妳靠過來，我告訴妳。」

川島芳子立即打算靠近他，卻被劉化子伸手阻住了。劉化子自己靠近了那警察，俯首聽他的答覆，蜚廉竹杆的杆頭則一直點著他臍下的氣海穴。

印度警察在他耳邊低聲地說了幾句，劉化子點點頭，回頭望了川島芳子一眼。川島芳子用冰冷的語氣說：「殺。」

印度警察還未反應過來，蜚廉便運勁一杆震斷了他的任脈，讓他痛快地離開這個世界。

川島芳子靜靜地呷了一口茶，朝劉化子點了點頭：「說吧。」

　　劉化子說：「原來港府早就知道聖壇在哪，只是沒有鑰匙打開它。據說，鑰匙被分拆成好幾份，藏在不同的地方。我們搶到的『排龍訣』，應該就是尋找鑰匙的謎題。他們也正在追尋鑰匙的位置，只是能破解謎題的人剛收到『排龍訣』便死了，所以他們才派警察跟蹤保護鑰匙的人，他們以為『排龍訣』也正是這些人搶的。」

　　最後這幾句小保聽得很清楚，加上之前在銀行門前的相遇，幾乎已確定他們跟老師多瑪的死有關，於是再也按捺不住，不顧自己與對方強弱懸殊，橫身跳出，大喝一聲，右腳上步屈膝，左腳前點，並同時推出右拳左掌，以「龍虎出現」擺出一個虎鶴雙形拳的「備勢」！

　　川島芳子與劉化子聽到小保的叫聲，立即轉過頭來。由於小保正站在茶莊大門口，背著光，看不清他的容貌，於是問道：「你是誰？」

　　小保大聲喝道：「你們與我老師的死有什麼關係？」說罷自知實力不夠，必須攻其無備，於是一招「餓虎擒羊」，右腳弓步，兩手成爪，輪番向前攻擊，完全是拚命的招數。

　　雖然小保功力尚淺，但所習的虎鶴雙形拳實有其過人之處。這拳法由黃飛鴻所創，與工字伏虎拳、鐵線拳並列為「洪拳三寶」，孫中山更親筆寫下牌匾讚賞。

　　說時遲那時快，川島芳子的摺扇瞬間折疊成一支一尺八寸的棍子，迅速搗向小保的雙爪。

　　川島芳子自從加入黑龍會後，盡得內田良平「夢想流杖術」的真傳。據說「夢想流杖術」的始祖夢想權之助本是劍手，因為在一次比試中敗給日本劍聖宮本武藏的妙技十字留，於是苦研對策，最終創立了「夢想流杖術」，並在第二次比試中擊敗了宮本武藏。

　　川島芳子雖然年紀輕輕，杖術卻已到達「奧傳」的階段，一支四尺多長的木杖在她手裡就彷如活的一樣，

伸縮吞吐，變化莫測。

不過今天川島芳子手裡並沒有木杖，只有一把摺扇，只好勉強施展，加上小保怒火中燒，力氣徙地大增，讓川島芳子一時之間左支右絀，窮於應付。

這時劉化子和蜚廉已藉門外的光認出小保，正想出手幫助川島芳子，怎料川島芳子竟大喝一聲：「別過來！你們不用管我，讓我和這小子玩玩，你們快去追查鑰匙的位置！」劉化子和蜚廉聞言，雖然有點替川島芳子擔心，但不敢違抗命令，於是轉身離去。

原來川島芳子看到他只是比自己年長幾歲的青年，功夫卻十分紮實，不禁暗自佩服。而且不知為什麼，川島芳子覺得對方的俊臉越看越好看，心裡竟有異樣的感覺！

小保這時已變招成「獨腳餓鶴」，單腿站立，雙手如鶴咀般殺到，下盤再加右腳飛踢，完全是要取她性命。

川島芳子見他來勢洶洶，不敢怠慢，迅速收拾心情，一招「傘之下」，把摺扇舞成盾牌，擋下小保的攻勢，然後接連「橫切」、「雷打」，把摺扇舞成左右兩個車輪般，硬把小保迫出一丈之外。

這時雙方才終於喘一口氣。川島芳子大聲問道：「來者何人？你老師又是誰？」

小保留意到眼前女子除了梳了平頭裝，無論身型和裝束都和王天璇有些相似，看起來和王天璇年紀差不多，約在 17、18 歲之間，是位清秀的少女，眉宇之間隱隱透著貴氣，不像是丐幫的人。

於是他收起架式，說：「我叫小保，我老師是多瑪，妳又是誰？為什麼和丐幫的人一起？我老師的死與妳有沒有關係？」他邊說邊直視著她，看她反應。

川島芳子剛才殺害印度警察時毫不留情，卻被小保盯得臉紅了起來。說到底，她從未見過同齡男子，被小保這樣看著，不知為何心頭湧起了奇妙的情緒。她知對方並未真的鬆懈，於是回答說：「我叫金璧輝，並不是丐幫的人。他們只是和我一樣，在進行救國救民的工作，所以暫時合作。你為什麼說他們殺了你的老師？」

小保看著她正氣的樣子，覺得她並不像一個窮凶極惡的殺手，於是沉痛地說：「我剛才聽到丐幫說那個能破解『排龍訣』的人死了，我知道那人定是我剛剛死去的老師！我亦親眼看見他們出現在老師的船上！」小保說到激動處，眼淚像決堤般從眼眶裡湧出來。

川島芳子柔聲說：「丐幫和我都是愛國分子，目標是推翻暴政，停止內戰，讓人民過上安居樂業的生活。」

小保冷靜下來，說：「這與我的老師有什麼關係？為什麼你們要知道『排龍訣』的秘密？剛才你們提到的『聖壇』又是什麼？」

川島芳子答道：「我們相信，要統一中國，必須要有一個充滿魅力，並能服眾的領袖，否則軍閥之間依然互相傾軋，生靈只會繼續塗炭。」

小保好奇起來：「那誰能當這個領袖呢？」

川島芳子的大眼睛眨了一眨，答道：「這就是我們為什麼要有『排龍訣』的原因。若能破解『排龍訣』所指的『聖壇』所在，我們就能找出住在那裡的當世聖人，

請他重新統一中國。不過，這正是英國人所不想看見的。他們之所以能夠入侵中國，佔領香港，正時因為中國人不團結。所以他們千方百計阻止我們去找『聖壇』，甚至想早我們一步到『聖壇』，殺死那聖人。」

小保又再悲痛地說：「如果你們有這個目標，我不相信我老師不肯幫助你們。」

川島芳子說：「看著你，我也相信他是一個好老師，不像會殺死中國和平的希望。可能因為他是英國人，丏幫防範他是港府派來的特務，所以才沒有找他合作吧。」川島芳子一邊說著，一邊大膽地輕輕用手捉著小寶的手。

小保驀然驚覺對方不知何時竟走得這麼近，本能地想把手抽起，但是對方的小手柔軟而溫暖，他竟然捨不得把手收回來。

反而，川島芳子為免因私情壞了大事，依依不捨地把手收回來，紅著臉問：「小保，我要走了。今天大罷工，市面治安不好，你能陪我走走嗎？」說罷，川島芳子和小保對望了一眼，看著小保俊俏的眉目，竟又心中一蕩，心跳突然加速起來，眼神竟帶著情竇初開少女的靦腆，最後竟未等小保的回答，便嫣然一笑，起身離去。

小保與川島芳子四目交投後，竟也有點神魂顛倒的感覺，呆了半晌，亦不懂得回答，只好立即跟著她走出茶莊。

川島芳子見小保跟上來，芳心暗喜，於是問道：「小保，你現在要去哪裡呢？」

小保說：「我的老師在避風塘的船上給殺害後，我便一直在追查凶手。」他嘆了口氣。「不過我現在已經

不知道誰是好人誰是壞人了。」又說：「還有，我想找到他的遺物，那是一部相機，陪伴著老師 20 多年。他本來答應過死後會把相機留給我的，所以我很想找回來，以此紀念他。」

川島芳子安慰地說：「小保，不要難過！只要有決心，你一定能找回相機的。」

這時小保才想起黃天璣叫他去寨城找天國義學的湯天權湯主任。他雖然有點不捨，但仍是向川島芳子說：「謝謝妳，璧輝。我有要事在身，要先走了。治安不好，妳自己小心。丐幫的人看來心狠手辣，妳還是別要和他們走太近了。」

說罷便告辭離去，留下川島芳子站在街上。

　　小保聽過寨城內有龍津義學，成立於香港被割讓後兩年，當時九龍仍是清政府的一部分。至於天國義學，小保則沒有聽過。

　　到達寨城後，沒有王天璇帶路，小保正想是否該先進去找桓老大，再由他介紹湯主任給他認識。

　　忽然，一群孩子從寨城中心走出來。小保捉住其中一個男孩，問他來自哪裡。他答說：「我們剛剛在天國救道堂聽李牧師的佈道會，因為可以領些好東西吃。」

　　小保聽到「天國救道堂」這名字，心想這可能和天國義學有關，於是向人潮的相反方向逆流而上，卻原來人潮是來自以前在寨城中央的廟宇，廟宇現已被改成佈道會的場地，大小可容納上百人。不少教徒還未離開，正在收拾桌椅。

　　其中有位面形方，皮膚白，鼻樑高，上面架著一副厚厚黑色眼鏡的男人，身材瘦削，收拾時有點雞手鴨腳，看來應該是位教書先生。

　　小保走過去，畢恭畢敬地問：「請問你認識湯主任嗎？」

那男人回頭湊近看看小保，說：「我就是湯天權，你是誰？是我學生嗎？」看來他的近視並不淺。

小保於是說：「湯主任你好！我是黃天璣黃大班介紹的，想向你請教一些問題。」

湯天權說：「嗯，那個滿身銅臭的黃天璣？那你肯定也是滿身銅臭？嗯，嗯，我在收拾，你快來幫手。」小保連忙捲起衣袖幫湯天權忙。這時已是艷陽高照，小保收拾了一會便已汗流浹背，但總算清理好場地。

湯天權不發一言，自己大步離去，小保連忙跟著，卻原來天國義學就在隔壁。湯天權說：「這裡便是以前的衙門，不過設備簡陋，平時桌椅都是老師和同學們一起湊合的。你先坐在這裡。」

小保謝過湯天權，忍不住問：「誰會來這裡讀書呢？」

湯天權托一托眼鏡道：「難道是有錢人？這裡是義學，即是跟龍津義學一樣，不用學費的。學生都家境困難，有時還可以領取一點補貼。我們也不是只教寫字和算數，也教一些技能，如造鞋、木工等，希望這裡的孩子能自力更生。」

小保說：「那倒是很有意義呢！」

湯天權嗤之以鼻，說：「小子別天真。辦學一直是傳教的手段之一。你也知道，自從英王亨利八世搞離婚，卻被天主教會阻止之後，英國便成立了聖公會作為國教。所以聖公會在香港被割讓後不久，便於 1865 年在香港成立了第一間華人教堂，即聖士提反堂。那裡有位弟兄，和我一樣是教書的，名叫顧啟德。

「顧先生兩夫婦是熱心教友，退休後一直在九龍進行福傳的工作，結果在 1902 年時，得到聖士提反堂主任鄺日修牧師的支持，在九龍宋王臺聖山山腳下建成了聖三一堂。鄺牧師在聖士提反堂退休後，也被邀請過來擔任聖三一堂的牧師，直至幾年前他返回天家為止。寨城的救道堂和義學便是鄺牧師與顧先生努力的成果。」

小保一方面很欣賞這些教育貧苦大眾的教育工作者，因為他的多瑪老師也一樣是他們的一分子，另一方面他亦很佩服湯主任，一口氣能講那麼多歷史掌故。似乎他的記憶比他的視力好多了。

不過他不是太明白，為什麼他雖然在服務教會，卻又好像有點憤世嫉俗的樣子，脾氣怪怪的。

小保只好順著湯天權的話問道：「原來這裡是顧啟德先生的成就。那麼近幾年在九龍灣移山填海興建的地方，被稱為『啟德濱』，是不是為了紀念顧先生？聽說那裡開了間飛行學校，好像剛剛在一月時才啟用。政府還說將來會變成機場……。」

湯天權乾笑了幾聲，答道：「完全風馬牛不相及，現在的年輕人真的無知得可憐，又不看新聞紙，浪費一眾辦報人的心血。你說的地方是何啟爵士和區德先生合資開辦的公司所建，他們的計劃不是建機場，而是建住宅。那裡將會成為花園城市，現在只是暫時租給飛行學校罷了。」

小保這時忍不住問道：「那湯主任你想必是信徒？否則不會在這裡幫忙吧？我本想請教你一些風水的問題，但……嗯，不知你是否願意？像我剛才說的，是黃

大班叫我來找你的，說你是國學大師。假若你根本不信風水，不想多說，我也能理解。作為基督徒，我本身也是不信的。」說罷，小保也覺得自己有點胡言亂語，只好尷尬地笑笑。

湯天權除下眼鏡，望向窗外很遠很遠處，緩緩說：「你要問我的，是不是排龍訣？」

小保驚喜地答道：「正是！你怎麼會知道？」

湯天權說：「我在受浸入教之前，本是研究國學的，的確對歷代陰陽術數的學說都有所涉獵。不瞞你說，其實我加入教會也是為了這個緣故。」

小保奇道：「為什麼呢？我雖然背過很多金句，卻沒聽過聖經有關於術數的東西！」

湯天權說：「是嗎？《約翰福音》四章十四節？」

小保更奇，為什麼湯主任問的金句跟多瑪老師死前問的一樣？只好答道：「人若喝我所賜的水，就永遠不渴。我所賜的水要在他裡頭成為泉源，直湧到永生。」

湯天權說：「正是。自古以來，中國道術追求的，不只是未卜先知，而是改變天命，得到永生。歷代不少帝王聰明一世，最終不是勞民傷財地到海外找仙山，便是糊里糊塗地吃金丹、飲毒藥，為的便是長生不老。」

小保有點瞭解：「是不是你在中國道術找不到答案，所以相信耶穌所應許的永生？」

湯天權說：「不是的。這背後有個秘密。黃天璣那傢伙既然叫你來問我，想必很相信你，亦應該認為你有慧根，那我只管告訴你真相。排龍訣並不是什麼尋寶圖，

它跟九龍一個神秘的地方有關。那神秘地方叫紫微壇，據說找到紫微壇的人就能進入永恆。」

小保心想，原來所謂「聖壇」就是「紫微壇」。於是問道：「那跟教會有什麼關係？」

湯天權答道：「傳說教會來九龍建堂時，發現了紫微壇的秘密，但因為它與教義相違背──畢竟只有神是永恆的，而耶穌又是唯一通往永生的路──所以把有關紫微壇的資料埋藏了。我混入教會後，旁敲側擊，問過很多執事，都問不出些什麼。不過我可以告訴你，排龍訣裡的『五吉』是指五件用來打開紫微壇大門的鑰匙。」

小保立即掏出剛才在黃天機辦公室裡畫的十二星圖和九龍地圖，對湯天權說：「我覺得排龍訣是一幅套用在九龍半島的地圖。你看看這樣有沒有頭緒？」

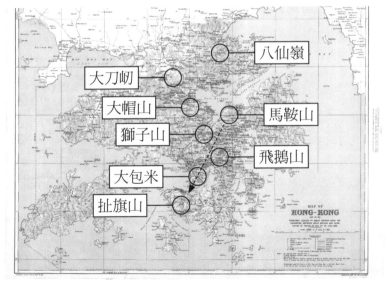

地圖來源：HKMaps

湯天權看著小保把星圖覆蓋在地圖上，上前把地圖旋動，說：「圖是對的，但排龍訣與龍脈有關，所以第一句是『龍對山』。中國龍脈起於喜瑪拉雅山脈，向南到嶺南山脈，再到香港的八仙嶺、大刀岇、大帽山、馬鞍山，然後左青龍、右白虎，九龍龍脈亦即由東北偏北，向東南偏南走過左飛鵝山、右獅子山之間，再以『大包米』（訊號山）為明台，遙遙相對隔岸的扯旗山（太平山）。因此，九龍的龍脈是由慈雲山走向油麻地，而不是子午線。既然第一句是『龍對山山起破軍』，那破軍便應是油麻地。」

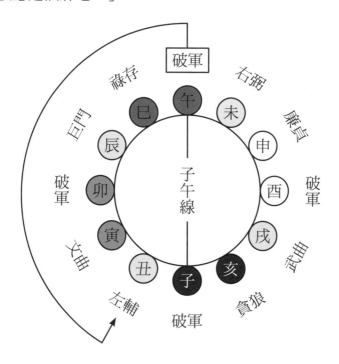

　　小保看著轉動了的星圖，問道：「那所謂『七凶五吉』是哪五個吉位呢？」

湯天權說：「坊間一般的說法，是武曲、貪狼、左輔、右弼和巨門。」

小保立即興奮地說：「這樣，吉位豈不都是在警署！」小保所指的正是：左輔所在的九龍城警署、右弼所在的油麻地警署、巨門所在的紅磡警署和武曲、貪狼所在的旺角警署。

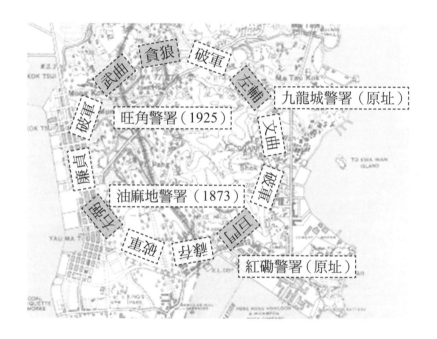

　　湯天權看了看地圖，緩緩地說：「也許吧。」

　　小保見湯天權的反應出奇地冷淡，忽然有所明悟，於是問道：「湯主任，你是否早已知道排龍訣是指向那四間警署？」

　　湯天權說：「聽著，星曜的吉凶，並不單是看星曜本身。風水把一個地方分成三乘三的九格，每一格有一顆坐星，也有一顆向星。吉凶需從坐向兩顆星的組合來

看，玄空飛星的九星為貪狼、巨門、祿存、文曲、廉貞、武曲、破軍、左輔和右弼，又常被分別稱為一白、二黑、三碧、四綠、五黃、六白、七赤、八白和九紫。白與紫常與功名富貴有關，所以坊間才會說貪狼、武曲、左輔、右弼是吉星。」

湯天權從暖杯中喝了口清水，續道：「不過坊間是坊間，不是專家。其實七赤與三碧雖非吉星，《紫白訣》卻有『七逢三到生財』的說法，即坐星是七赤而向星是三碧時，那方位便會生財。雖然口訣說生財之後有機會『財多被盜』，但仍不算凶。

「同樣，六白與九紫雖是吉星，卻有『六會九，長房血症』，成了凶格。所以不能單靠一顆星便決定吉凶。眾星中只有五黃廉貞是正煞，『不拘臨方到間，常損人口』，即無論在何處皆是凶星。」

湯天權說罷，嘆了一口氣，忽然語重心長地說：「其實風水並不能增加人家的福分，只是交換罷了。你可以在人家屋裡擺一個風水陣，讓人家發達，卻害其因絕症早死，即用健康換取財富。那究竟是幫了人呢？還是害了人呢？『財多被盜』算是很輕微了。」

小保開始習慣湯天權像教學般長篇大論，而且看來他在加入教會前可能發生過一些憾事，所以等他慢慢講完，才再問道：「湯主任，那為什麼坊間說第五顆吉星是巨門呢？」

湯天權說：「口訣有『二黑飛乾、逢八白而財源大進、遇九紫而瓜瓞綿綿』，所以一般認為第五顆吉星是剛巧有左八白右九紫會照的二黑巨門星。」

小保有點似懂非懂，知道湯天權的意思應該是指巨門、左輔、右弼與對面的武曲成一「十」字形，你對著我，我對著你，為之「會照」，於是興奮地說：「那我得去找朱玉衡探長，或許他能帶我到這幾間警署看看能不能找到什麼。」

　　湯天權說：「如果那麼容易便能找到紫微壇，滿街的人都早變長生不老了。排龍訣是不傳之秘，就算你知道了鑰匙所在，也得找到紫微壇在哪裡。我可以肯定教會內有人知道紫微壇的秘密，但我還未查出真相。當然，紫微壇隱藏的也許並不是永恆，而只是一個陷阱也不一定。」

　　小保點頭：「其實我並不是為了追求長生不老才學習排龍訣的。信耶穌便會得永生。我只是想查出我老師為什麼會被殺死。」小保接著把事情的來龍去脈告訴湯天權。

　　湯天權聽完小保的故事，完全無動於衷，只是說：「生死有命。反而你這樣查下去，總會有一天找到紫微壇。到你面對永恆時，你要如何選擇？你要不要進入永恆？還是讓永恆與你擦身而過？」

　　小保奇道：「為什麼這樣說呢？不是所有人都想長生不老嗎？」

　　湯天權答：「當然不是。你心目中的永恆是怎樣的呢？」

　　小保道：「我信教的，相信人死後到天家享永生，四處流奶流蜜，豺狼必與綿羊同居，豹子與山羊羔同臥，少壯獅子與牛犢並肥畜同群，小孩子要牽引牠們，總之

便是再沒有痛苦與死亡的地方。」

湯天權說：「永恆不是這樣的。永恆就是沒有時間。舉個例，你如何能知道現在時間在流動還是已經停止了？」

小保從未想過這樣奇怪的問題，想了想，答道：「天上飛鳥在飛，地上狗兒在吠，時鐘在轉，心臟在跳，時間便是在流走吧？」

湯天權說：「正是。你說的都是變化。時間本來自變化。然而，永恆的存在就是超越時間的存在，而沒有時間就等於沒有變化。那裡奶與蜜都不能再流動，狼與豹亦不能被牽引。生命本身就是不斷的變化。沒有變化的永恆裡是沒有生命的，那個狀態又叫『寂滅』，或佛家所謂的『涅槃』。」

小保有點明白：「這樣的永恆就完全沒有意思了。」

湯天權說：「如果根據中世紀正統神學，神的存在是在時間以外，所以說神是永恆的。由此觀之，神的永恆裡並沒有永續的變化，只有這個世界才有永續的變化。」

小保不同意：「我記得神說：『我是阿拉法（開始），我是俄梅戛（終結），是昔在、今在、以後永在的全能者。』明顯有是永續的意思，而不是永恆不變的意思。」

湯天權問：「果然是背金句大的孩子。那好，你認為神是否完美的呢？」

小保答：「當然，祂是至善至美的。」

湯天權說：「試想想，世間任何變化，都是由潛能

趨向完美的。譬如一顆種子，從掙扎著破土而出開始，越長越高，最後變得枝葉茂盛，果實纍纍，才算是把潛能完全發揮。一旦完美，再向前走便是衰敗，若要回頭又未臻完美。可見至善至美必須停留在某一瞬間。任何東西要永恆地完美，便必須能永恆不變。偏偏我們的世界諸法無常，人無百日好，花無百日紅，所以才對永恆充滿遐想。

「事實上，除非我們死後所進入的天國並不是神所處的同一個空間，否則我們便只能成了完美但永恆不變的存在。」

多瑪從來沒有教過小保這些深奧的神學理論，只是叫他背誦金句，所以一時間搭不上嘴。不過小保心底是明白湯天權在說什麼的，他可能只是一時之間無法接受。

湯天權這時戴上眼鏡，竟在冰冷的面上閃現了一個詭異的笑容，然後說：「放心，我不是要把你逼瘋。我只是讓你明白永恆的本質。有一天你找到了紫微壇，並有機會選擇永恆時，你便知道你在選擇一些什麼。」

　　小保離開天國義學後，信步走到九龍城碼頭，思考剛才湯天權跟他說的話，但很快便覺得頭要爆炸了一樣。他在想，如果紫微壇是這樣的一個所在，還要不要去找朱玉衡師叔，到那四間警署調查？他本來只是想查出誰殺了自己的恩師，以及為什麼要殺死他，卻沒想到會牽涉到神或永恆這些艱深的題目。

　　這時，王天璇忽然出現在他身旁，嘴上滿是甜甜的笑容。

　　小保忍不住揉了揉眼睛，真的是王天璇！他又驚又喜，立即跳起來一把抱住她，卻又自覺有點於禮不合，尷尬地退開一步，低頭說：「妳……沒事？我很擔心妳呢！」

　　王天璇笑著拉起他的手，說：「我沒事。我才擔心你呢！多得你保護我，我才能逃走。那些警察沒虐待你吧？」

　　小保頓然覺得自己好像英雄般，挺一挺胸，答道：「沒有！保護妳是應該的。而且在警署也沒發生什麼，原來我師叔朱玉衡在那警署當探長，所以很快便把我放出來了。」

王天璇笑著拉他坐下：「那你剛才為什麼愁眉苦臉呢？」

小保立即又皺起眉頭道：「那是因為我剛見過天國義學的湯天權主任。」

王天璇正色說：「哦，太好了。」

小保奇道：「為什麼呢？」

王天璇說：「沒什麼，只是因為他是國學大師，所以覺得他應該幫得到你。我經常來找桓哥，所以認識他。聽說他以前是有名的風水大師，不過過度招財趨運，以至折了太太的壽。不過，寨城有所謂『東城邪、西城正』，我們一般不會過去西城，所以詳情我也不太清楚。」

小保斜著眼問：「莫非王小姐也是……邪的一方？」

王天璇笑笑說：「我是能賺錢的一方。哪一邊有錢賺，我就去那一邊。」

小保點頭說：「說得對，誰不是為兩餐在這個城市竭盡全力。」他清楚知道，一個孤兒要能笑著這樣說，有多堅強，特別是一個女孩子。

王天璇說：「那湯主任有解答你的問題嗎？」

小保答道：「湯主任告訴我，排龍訣是一個指向紫微壇的地圖，我們亦已破解了地圖的秘密。但他讓我去想是否真的想要永恆。因為永恆並不是永生，永恆內沒有變化，也就沒有生命。我剛才正在想這個。」

王天璇問：「那你想到什麼呢？」

小保答道：「我在想，雖然生活一點都不容易，但我還是很熱愛每天的挑戰和際遇。也許今天天氣差，出

海沒漁獲，但我還是對明天充滿希望。變化中藏著未知，而未知則同時帶來苦與樂。如果離開痛苦也必須放棄快樂，那我還是想保留它們。」

王天璇點頭：「那很好。不如我們就在這樣打住，別再找什麼紫微壇了。現在你先陪我吃點好東西，晚一些再來我的場子裡，聽我唱歌可好？」

小保望著王天璇秀麗清純的面龐，心裡很想說好，最後還是忍住了，說：「我對進入永恆以至得到永生的確不感興趣，但我還是要查出殺死我恩師的人是誰。」

王天璇有點無奈地說：「我明白的。那我們走吧。」一把拉起了小保。

小保有點愕然：「去哪裡？」

王天璇說：「去找凶手。」

　　川島芳子跟著丐幫沿途留下的暗號，去到三座紅磚屋前。這三座紅磚屋在廿多年前落成，每幢也是兩層高，從前是一個抽水站：北座是機械室，有機房和蒸汽鍋爐；中間和南面的，是工場、辦公室和員工宿舍。抽水站運作了十多年，之後政府才改變紅磚屋的用途，成為了政府其他部門。

　　川島芳子看見北座紅磚屋寫著「油麻地郵局」，但是重門深鎖，似乎也受到罷工的影響，沒有運作。門前又有丐幫的暗號。她於是推門進去，看見劉化子早已在那裡等候，於是揮手讓他立即匯報。

　　劉化子恭敬地說：「川島小姐，我們的兄弟已查到保護聖壇鑰匙的，主要是七位成員，名叫『北斗』，名字都源於天上北斗七星的星宿，子承父業，已經幾百年。」

　　川島芳子好奇地說：「難道他們叫貪狼、巨門、祿存、文曲、廉貞、武曲和破軍？」

　　劉化子忍著笑說：「哪有人用這樣的名字呢？北斗星宿有另一套名字，分別是『天樞』、『天璇』、『天璣』、『天權』、『玉衡』、『開陽』和『搖光』。當中前四

位是北斗中的斗魁，後三位是斗柄。」劉化子一邊說著，一邊在空中比畫了北斗七星。

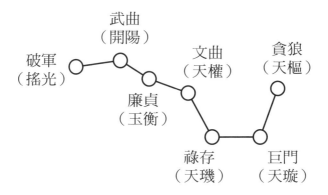

劉化子接著說：「當中，我們已掌握到『搖光』是一位跌打師父，在油麻地開設了一家跌打醫館，同時在樓上二樓開辦一間武術拳館。我幫暗中監視他的人今早發現他的一個徒弟去看過他。那徒弟之後形跡便顯得十分可疑，他到了好幾處地方聯絡其他的人。我幫於是一直跟蹤，最後到了九龍寨城，他卻被警察拘捕了。暫時知道他只是一個傻乒乒的小子，好像對聖壇並不知情。」

川島芳子隱隱覺得，小保就是那個「傻乒乒的小子」，但不知道為什麼，她不太想把他牽進來，心裡竟想著要保護他。

劉化子見川島芳子沒有回話，便繼讀說：「此外，我幫兄弟取了避風塘船上那英國鬼的一件東西，我們不知道有什麼用，也許川島小姐妳會有興趣？」

川島芳子從劉化子手上接過那東西，竟是一部勃朗寧盒式相機，是內藏膠卷的相機。

　　日本自從明治維新之前，引進了不少西方的文化與科技，所以川島芳子對相機一點都不陌生，便對劉化子說：「這個我先留著，你繼續追查。」

　　劉化子答道：「遵命！」便轉身離去。

　　其實當時影樓頗為流行，著名的有宜昌、輝來、興昌、南禎等，但不少是由提供繪畫肖像服務的畫廊所轉型，一般人很少會擁有一部相機。

　　川島芳子不禁想：不知相機內的膠卷上留下了什麼影像呢？會否有小保小時候上課的可愛臉兒呢？

開陽

　　王天璇牽著小保的手一路走向廟街，沿路說說笑笑，再也不提紫微壇與凶手等煩人的事。他們一邊走一邊買街邊小食，一邊談天說地。王天璇似乎對小保的水上人生活很有興趣，特別是出海打魚的驚險與避風塘裡的趣聞。他們正聊得起勁，卻突然聽到後面有急速的腳步聲。

　　劉化子和他的部下又再次出現，橫亙在路中央。

　　劉化子揚聲說：「王小姐，請妳先離去，我們有事要找這位小兄弟。」

　　小保立即紮好馬步，擋在王天璇面前。

　　王天璇卻在小保身後說：「不用了。我正要帶他去找辛老師。」

　　小保驚訝地問王天璇：「你認識他們？誰是辛老師？」

　　王天璇並沒有回答，只是厲眼看著劉化子。這時，有四個身穿黑衣、手臂紋上了狼頭的大漢不知從哪個暗角裡走出來，站在王天璇身後。

　　忽然，不知哪裡傳來了幾下鳥鳴聲，劉化子眨了眨

眼，說：「那好，王小姐向無虛言，我們也不過是要個交代。這就散去。」

小保回頭看了看那些黑衣大漢，再看看王天璇，問：「他們一直都在？」

王天璇嫣然一笑，說：「我喜歡逛街，桓哥卻總覺得我一個女子很危險，老是叫他們跟著我。來，別理他們，我們走。」說罷又拉著他向前走。

小保嗞了嗞口水，心裡嘀咕，不知桓哥和王天璇是什麼關係？若他們是情人，那之前自己和王天璇又說笑又拉手的，豈不是都落在這些黑衣大漢眼裡？那他便死定了。然而，桓哥看起來至少比王天璇大上許多，莫非是忘年戀？

小保一邊在胡思亂想，一邊和王天璇走過兩個街口。這時，川島芳子卻正在對面的樓上，酸溜溜地看著樓下的小保與王天璇。在她眼中，小保與王天璇才是天生的一對，一個俊俏憨直，一個聰慧可愛，像一對金童玉女般牽著手，羨煞旁人。

因為她的身世，她在王天璇面前更有點自慚形穢。剛才那幾下鳥鳴，正是她發出，是召回丐幫的暗號，免得小保受傷。然而，她心底仍禁不住恨得牙癢癢，希望現在牽著小保的，是自己而不是王天璇。

不過比起王天璇，更讓川島芳子警惕的，是丐幫。她一直認為丐幫和自己同是滿州人，應該效忠她所屬的黑龍會。為什麼他們好像和王天璇另有交易？王天璇是寨城的人嗎？辛老師又是誰？

正當川島芳子獨自在思考時，三個印度警察忽然出

現在小保與王天璇面前，說了一聲：「是他們了！」便立即湧上來。那幾個黑衣人見狀，亦立即跳上前，為首的回頭向王天璇說：「王小姐先走！」

王天璇點點頭，拉著小保轉入另一條黑暗的小巷，逃離另一場惡鬥。

這時，探長朱玉衡忽然出現在他們前面，還向他們招手。在黑暗中，小保看不真切，以為是那些警察的埋伏，於是一記「八分箭捶」，直搗朱玉衡胸口。

朱玉衡不動於山，但他的大手卻忽然豎立在小保的拳前，真像五指山一樣，硬生生把小保的拳截停了，卻又詭異地沒有發出任何聲響。小保這時才看清楚是朱玉衡探長，一臉尷尬。朱玉衡只是笑笑，便轉身帶他們走進小巷，然後左拐右拐的，來到了廟街。

王天璇甜甜一笑，向朱玉衡說：「謝了，朱探長！」

朱玉衡笑笑，向小保眨眨眼：「別向我師侄灌太多迷湯，他還是很純情的。」

王天璇嘟起小嘴，不依道：「我哪有！」

小保這時才知道王天璇不單認識丐幫的人，也認識朱探長，似乎王天璇並不是那麼簡單呢。

朱玉衡揮揮手，說：「我不跟妳糾纏了，我還要回去擺平那些印度警察，否則老桓又要怪我了。」

王天璇笑笑點頭，朱玉衡便灑然而去。

剛才在樓上的川島芳子亦暗暗跟了上來。

小保張開口，正想問問王天璇與他們的關係，王天璇卻搶先一步，說：「這裡上二樓，就是神算子辛開陽

老師的家。來吧，別磨蹭了。」自己剎那間便消失在那又暗又窄的樓梯裡。小保心想，原來辛老師就是神算子，不想落單，立即跟上。上到二樓，大門已經開著。王天璇已在屋內坐下，向一個白髮長鬚的老人請安並好像在他耳邊說了兩句什麼。

小保進內時滿心以為算命先生的家必然有很多風水陣法，如葫蘆、銅錢等等，怎料辛開陽的家卻非常簡潔，只有必要的幾張桌椅，給人一種窗明几淨的感覺。然而，小保從房間門縫窺見書房內的巨形書櫃，恐怕有上萬本藏書。小保心想，人一生又如何能讀完那麼多書呢？

這時，王天璇向小保招手叫他在自己身旁坐下，並介紹他給辛開陽：「辛老師，這便是天璇的朋友，小保。」

小保點點頭：「辛老師你好！」

辛開陽的雙眼倏地精光大露，深邃的眼神像閃電一樣刺進小保的眼眸，又倏地收去，回復柔和，慢慢地說：「好、好。歡迎歡迎。」說罷，咳了好幾聲，過了半晌才回過氣來。

王天璇淡然地說：「我帶小保來，是因為他有事要請教。」

辛開陽原來正在沖「功夫茶」，剛巧水沸了，所以他一邊沏茶一邊說：「妳這個妹頭，不是又要我幫妳算姻緣吧？還是要為你倆夾八字？」

王天璇滿面刷的通紅，說：「辛老師別耍我！」

小保看著王天璇的憨態，幾乎看得呆了，好半晌才發覺他們兩個都盯著他看。

這時輪到小保滿面通紅。

王天璇催促小保：「辛老師平常很忙很多客人的，難得現在沒有人，你還不快問？」

小保回個神來，說：「是的，是的。辛老師，我其實是想問有關排龍訣的事。」

辛開陽說：「我知道。」

小保不知道辛開陽究竟是知道排龍訣，還是知道他的問題有關排龍訣。無論如何，小保還是先把排龍訣念出來：「排龍訣是這樣的——龍對山山起破軍，破軍順逆兩頭分。右廉破武貪狼位，疊疊挨加破左文。破巨祿存星十二，七凶五吉定乾坤。支兼干出真龍貴，須從入首認其真。」

辛開陽說：「錯。」

小保呆了一呆，問：「難道我記錯了？」

辛開陽說：「不是，你只是像坊間大部分人一樣，得到一個錯的版本。是誰教你的？」

小保望了望王天璇，說：「是桓天樞老大教我的。」

辛開陽笑說：「原來如此。」

小保問：「那真的版本是怎樣的呢？」

辛開陽說：「我可以教你，但我看到你心裡有仇恨。除非你應承我你能饒恕你的仇人，否則我不會教你。」

小保沉默了。多瑪不只是他的老師，也像他半個父親。他兒時的美好回憶，包括第一次吃糖果、第一次收禮物、第一次學寫字等等，都是因為多瑪。《聖經》雖

然不許教徒發誓，但他曾向多瑪的遺體默默承諾，他必然會找出殺死他的凶手。然而，如果不搞清楚排龍訣的秘密，就無法查出多瑪為什麼而死。

小保於是說：「其實湯天權老師已經教我如何解讀排龍訣，我真正想知道的，不是那個什麼紫微壇在哪，也不是如何得永恆生命，而是究竟誰是凶手、為什麼我老師會死、他的死又與排龍訣有什麼關係。如果你都能解答，我便應承你。」

辛開陽肅然說：「我都能解答，而且我有信心真相能讓你釋然。」

小保看著辛開陽良久，辛開陽也不急，只慢慢在沏茶。小保終於咬咬牙說：「好，一言為定。」他心裡想，說到底，耶穌基督也叫我們要寬恕別人七十個七次。

辛開陽點點頭說：「很好。」呷了口茶，也幫他倆沖了兩杯，然後悠然說道：「要瞭解排龍訣，首先要知道我國一向用地支代表方向。」

小保記起黃天機的解說，接著道：「就是午在南、子在北，不過，排龍訣對應的是九龍龍脈，對嗎？」

辛開陽笑說：「對。那你知道十二地支都有五行屬性？」

小保點點頭，說：「黃大班都解釋了。」

辛開陽說：「非常好。其實十二地支的五行次序是很容易記的。寅卯屬木、午巳屬火、申酉屬金、亥子屬水，那是因為木生火，火生土，土生金，金生水，水又回頭生木。」

小保說：「嗯，那我們是否漏掉了『土』？」

辛開陽說：「對的。在寅卯、巳午、申酉和亥子之間的，分別是辰、未、戌和丑。這四個地支都屬土。現在你聯想到什麼？」

小保記起黃大班臨別時有提示過他，現在他靈機一動，說：「在排龍訣出現四次的『破軍』是否就是在這四個屬土的位置？」

未	申	酉	戌	亥	子	丑	寅	卯	辰	巳	午
土	金	金	土	水	水	土	木	木	土	火	火
破軍	右弼	廉貞	破軍	武曲	貪狼	破軍	左輔	文曲	破軍	巨門	祿存

辛開陽欣慰地說：「非常好，難怪天樞、天璣和天權他們肯把術數的基礎教給你。」

小保心裡涼了一涼，想道：「為什麼辛老師會知道？」

辛開陽毫無異樣，繼續說：「那你還記得九星中哪顆星屬土？我給你一個提示，金、木、水、火、土的顏色分別是白、青、玄、朱、黃。」

小保說：「我知道，左青龍、右白虎嘛。」

王天璇插嘴說：「還有南朱雀、北玄武。」然後又向小保眨了眨眼。

小保回報一個傻笑，忽然記起湯天權主任教他的玄空飛星，即貪狼、巨門、祿存、文曲、廉貞、武曲、破軍、左輔和右弼等，被分別稱為一白、二黑、三碧、四綠、五黃、六白、七赤、八白和九紫。

小保立即說：「那屬土的肯定是在中間的五黃廉貞星，最凶的那一顆，而不是破軍星。噢，難道我記著的排龍訣是錯的？」

辛開陽明顯地很高興，說：「對了。破軍的位置本是廉貞的位置。那接著那句『右廉破武貪狼位』，第二顆星是右弼，之後的廉貞被拿走了，那空位又該是什麼呢？」

未	申	酉	戌	亥	子	丑	寅	卯	辰	巳	午
土	金	金	土	水	水	土	木	木	土	火	火
廉貞	右弼	？	廉貞	武曲	貪狼	廉貞	左輔	文曲	廉貞	巨門	祿存

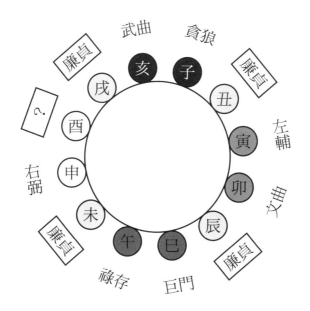

　　小保把廉貞放在土位的十二星圖畫出來，然後猶豫起來。

　　辛開陽說：「要知道空位放哪顆星，你要先認識中國《河圖》的先天數與《洛書》的後天數。據說伏羲為王時，有龍馬出河，身上畫有《河圖》；在大禹為王時，又有神龜背《洛書》出洛水。

　　「《洛書》其實是三乘三的九格，橫豎加起來都是十五的方陣。至於《河圖》，則是順著北南東西，配對一二三四，中間為五，再順著北南東西，配對六七八九。」

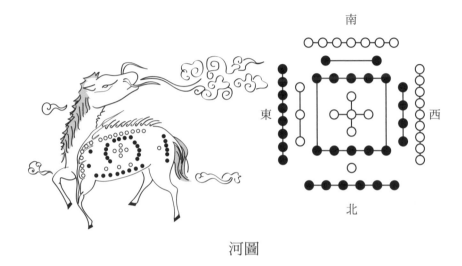

河圖

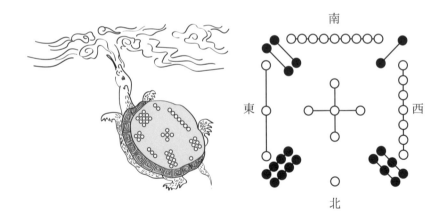

洛書

辛開陽一邊說，一邊在抽屜取出《河圖》和《洛書》的圖樣。他接著說：「現在，既然右弼是九紫，在《河圖》裡就是西方，也就是屬金，亦即配對地支屬金的申酉。若右弼是申，那下一顆星必然是同在《河圖》北方的四綠，配對酉。」

貪狼	巨門	祿存	文曲	廉貞	武曲	破軍	左輔	右弼
一白	二黑	三碧	四綠	五黃	六白	七赤	八白	九紫
水	火	木	金	土	水	火	木	金
北	南	東	西	中	北	南	東	西

　　小保答：「即是說，右弼的下一顆就是四綠文曲？」

未	申	酉	戌	亥	子	丑	寅	卯	辰	巳	午
土	金	金	土	水	水	土	木	木	土	火	火
廉貞	右弼	文曲	廉貞	武曲	貪狼	廉貞	左輔	？	廉貞	巨門	祿存

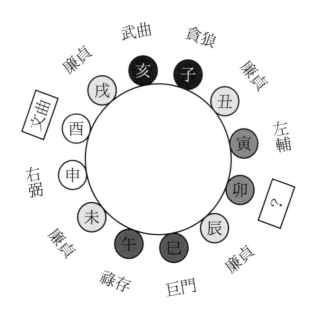

　　辛開陽說：「對了。但文曲被拿走後，在左輔後面的新空位又應該是什麼呢？」

　　小保答：「必然是在東方和左輔一樣屬木的三碧祿存。」

　　辛開陽笑道：「能舉一反三，實在太好了。那最後原本祿存的位置不用說，便是⋯⋯。」

　　小保答：「在南方和巨門一樣同是屬火的破軍。所以真正排龍訣的次序是：廉貞、右弼、文曲、廉貞、武曲、貪狼、廉貞、左輔、祿存、廉貞、巨門、破軍。」

未	申	酉	戌	亥	子	丑	寅	卯	辰	巳	午
土	金	金	土	水	水	土	木	木	土	火	火
廉貞	右弼	文曲	廉貞	武曲	貪狼	廉貞	左輔	祿存	廉貞	巨門	破軍

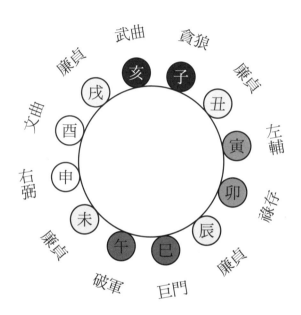

辛開陽欣賞地說：「你這個真正的排龍訣已接近完成。」

小保瞪大了眼：「接近？」

辛開陽笑說：「最後一個錯處卻與八卦有關。你認識八卦？」

小保說：「是不是人們掛在門楣辟邪的那塊鏡子？」

辛開陽大笑，說：「是，但不是鏡子本身，而是繞著鏡子的那八個符號。」說著，辛開陽又把一張八卦圖拿出來。

辛開陽繼續解釋：「這是先天八卦圖，依序是乾兌離震、巽坎艮坤。乾三連、坤六斷、震仰盂、艮覆碗、離中虛、坎中滿、兌上缺、巽下斷。卦象裡，陽爻就是連的一畫；陰爻就是斷的一畫。乾卦便是三支陽爻，坤卦則是三支陰爻。震卦的初爻，亦即最低那一畫，是陽爻，其他為陰，象徵陽氣剛剛生起，叫初陽。到了坎，陽氣在中間，叫中陽。到了艮，陽氣升到最高，叫上陽，加上乾卦本身全陽爻，叫老陽。物極必反，陽的生命由老陰的坤卦開始，接著便是震、坎、艮、乾四個陽卦。」

　　小保說：「開始有點理解。」

　　辛開陽問：「那你還記得《洛書》嗎？」

　　小保點頭說：「那隻神龜嗎？記得。」

　　辛開陽說：「那好，你現在幫我把九星配在《洛書》裡。」

　　小保先畫了《洛書》，並配上了九星。

四綠 文曲	九紫 右弼	二黑 巨門
三碧 祿存	五黃 廉貞	七赤 破軍
八白 左輔	一白 貪狼	六白 武曲

辛開陽說：「很好。現在再配上剛才的八卦圖，即把貪狼配上坤位，武曲配上艮位，如此類推，並把剛才陽的卦象標誌起來。」

四綠 文曲 兌	九紫 右弼 乾	二黑 巨門 巽
三碧 祿存 離	五黃 廉貞	七赤 破軍 坎
八白 左輔 震	一白 貪狼 坤	六白 武曲 艮

小保跟隨辛開陽的指示照做，並說：「那『五吉』就是貪狼、武曲、左輔、右弼與破軍五顆星。」

辛開陽說：「沒錯，這幾顆就是五吉，也是排龍訣隱藏的秘密。坊間流傳的排龍訣，四個吉位都是對的，唯獨說巨門是吉位則是錯的。真正的吉位是破軍。真的排龍訣正是：

龍對山山起廉貞，廉貞順逆兩頭分。
右文廉武貪狼位，疊疊挨加廉左祿。
廉巨破軍星十二，七凶五吉定乾坤。
支兼干出真龍貴，須從入首認其真。

現在你可以再次把這真的排龍訣放到地圖上了。」

假	破軍	右弼	廉貞	破軍	武曲	貪狼	破軍	左輔	文曲	破軍	巨門	祿存
真	廉貞	右弼	文曲	廉貞	武曲	貪狼	廉貞	左輔	祿存	廉貞	巨門	破軍

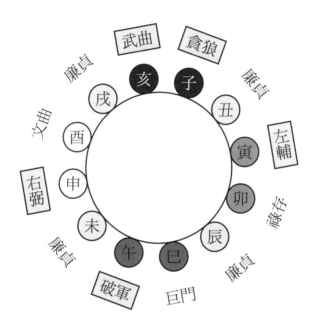

　　小保見弄了大半小時，距離真相只剩一步，所以迫不及待地把這星圖放上地圖，但有點笨手笨腳的，最後還是王天璇幫他搞定了。

　　他仔細看看，突然明白了一個事實：「原來九龍的廟宇都是跟著排龍訣選址的！我記得當初多瑪老師讓我免費上課時，三嬸說要去深水埗三太子廟為我求學業，那正是文曲的位置！」

辛開陽說：「你明白了。自從開埠以來，九龍的道教廟宇都是依圖興建的，而紫微壇的秘密就在五個吉位處。」

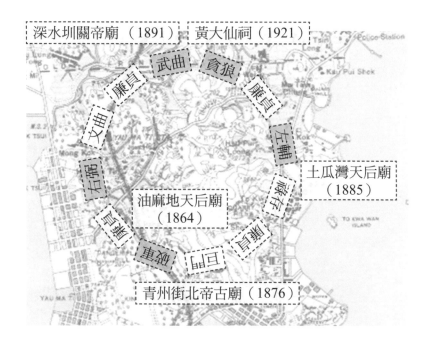

　　小保恍然：「所以到紫微壇的方法就在左輔位的土瓜灣天后廟、右弼位的油麻地天后廟、破軍位的青州街北帝古廟，以及武曲位的深水埗關帝廟。貪狼位的那間，莫非是幾年前才在竹園村建成的黃大仙祠？」

　　辛開陽說：「正是。天后一直都是幫助和保祐漁民的，所以配上左輔和右弼。北帝是蕩魔天尊，是戰神也是護國神，與帶兵的關帝分別被配上了破軍和武曲。至

於新的黃大仙祠，原名『普濟壇』，傳說那裡有求必應，非代表欲望的貪狼位莫屬。」

王天璇這時握著小保的手，說：「我陪你去吧，女孩子心思細密些，應該能找到紫微壇的鑰匙。」

小保點頭說：「好，謝謝妳。不過，我有更緊要的事要先問辛老師。」然後回頭對辛開陽說：「辛老師，我今天真的是長了知識，但我最想知道的，是誰殺了我老師，你能告訴我嗎？」

辛開陽再次看進小保的眼睛，然後說：「我。」

解謎

　　小保頓時整個人呆了。儘管他與辛開陽才剛相識，但他是王天璇介紹的，又循循善誘教曉他這一大堆術數的知識，小保早已把他當成長輩。再加上他看起來沒有 80 都有 70 歲，又怎能殺死多瑪老師呢？

　　王天璇握著他的手更緊了，向辛開陽說：「辛老師，你就把真相告訴他吧。」

　　辛開陽說：「好。小保，你的老師當然不是我親手殺的，卻是我請人殺的。紫微壇能讓人步進永恆的傳說，由宋末元初開始一直傳下來，那時九龍半島只有十幾戶人家定居，都是南宋忠臣之後。他們發誓世世代代都會守護紫微壇，不會讓蒙古可汗得到這個秘密。

　　「他們選派七個人，組成一個叫『北斗』的組織，負責消除所有在打聽或尋找紫微壇的人。他們都不用原來的名字，而用北斗七星的名字，死後又由他們的子女承繼那名字。」這時小保心情稍稍平復過來，決定先聽聽辛開陽的解釋。

　　辛開陽繼續說：「在中國的天文學裡，貪狼星的真名是『天樞』。」

　　小保心腦裡一震，問：「樞哥？」

辛開陽說：「正是。你師父洪搖光是破軍星，而你師叔朱玉衡是廉貞星；黃天璣就是祿存星；湯天權則是文曲星。我承繼的名字，是武曲開陽。」

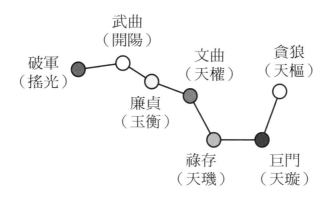

小保忽然鬆開王天璇的手，指著她說：「妳……莫非妳也是……？」

辛開陽說：「對，她就是巨門星。『天璇』這個名字一直是母女相傳。天璇的父母在革命中獻身，所以就由天璇接任。她也是接任不久，對紫微壇的秘密也不比你早很多知道。」

王天璇望向小保，一臉歉意，說：「小保，不是我想瞞你，但這秘密不能由我告訴你。辛老師是我們中最年長的，所以遇上你時，我才想把你帶來這裡找辛老師。」

小保冷靜下來，望望王天璇，又望望辛開陽，嘆了口氣，說：「原來你們一直在耍我。」

辛開陽說：「我們不是在耍你。我們是選中你，並先教曉你一些基礎知識，好讓你能幫助我們。此外，我們亦想讓你不經不覺之間認識我們，否則我們的敵人便知道『北斗』裡有誰了。」

小保問道：「那其實你們選中我做什麼呢？」

辛開陽說：「承繼我。你看，人生七十古來稀，今人對國學的認識又越來越淺，我們好不容易才找到你來承繼『開陽』這個名字。當年老洪說你有福相，要收你為徒時，我便算出你與紫微壇有緣，只要時機成熟，我們自會見面。不過我沒有料到會是這個情況。」

小保沮喪地說：「可是，說到底，你們花那麼多的力氣，不過就是保護五間廟宇的名字吧。」

辛開陽解釋說：「排龍訣並不是在保護五間廟宇的名字，而是在保護五個埋藏鑰匙的地點。你要知道，這些廟宇都是近代我們找人贊助興建的，宋末明初的時候還未有。建築物總會被拆卸搬遷，廟宇雖然被移走的機會低一些，仍是不能作為永久的地標。排龍訣利用龍脈來標記鑰匙的地點，是最長久的做法。」

小保問：「那誰是你們的敵人？」

辛開陽說：「就是要找到紫微壇的人。歷代帝王都想長生不老，不斷派欽差來查探，但我們總是把他們引導向錯的地方。假的排龍訣也是前人為了這個原因創作出來的。只有受過我們教導的人才能把真的排龍訣重塑出來。」

小保問：「但今天又怎會有帝王或欽差來查探呢？」

辛開陽說：「不是中國的，而是外國的。事實上，自從英國把香港變成他們的殖民地後，便一直暗中在找紫微壇。也許他們在劫掠中國的文物時，發現了一些線索吧！」

小保想起湯主任的話，問道：「不是說，顧啟德先生在宋王臺山腳下興建聖三一堂時，發現了紫微壇的秘密而嘗試隱藏它？」

辛開陽說：「這正是我們在追查的。老實說，我們只知道藏著五件鑰匙的地點，卻不知道紫微壇的確實位置。直到我們發現在宋王臺山興建聖三一堂時，總是有個鬼鬼祟祟的英籍警員在監察，老朱於是通知老湯混入聖三一堂去瞭解一下，卻沒有任何發現。

「老朱後來派自己的探員去跟蹤，結果全被上級要求休假。於是老朱便叫老桓出手，派他的手足去跟蹤，卻又被印籍警察四處圍捕。老桓一直受到他們的圍捕，你也是給印籍警察抓進警署吧？」

小保記起那些印籍警察的迷魂大法，猶有餘悸，點了點頭。

辛開陽繼續說：「自從知道印籍警察看上了老桓後，我便決定聘請由北方來的丐幫追查。我深知他們武功高強，只是有點桀驁不馴，卻沒想到他們在跟蹤那英籍警員時，會一直跟到你老師多瑪那裡。據我們聘請的丐幫兄弟說，他們在船上看見那英籍警員把一封信交給多瑪，裡面好像有張由石碑上拓印下來的一首詩。當他們想偷看上面寫什麼時，那警員發現了他們，於是和他們打了

起來。結果丐幫失手打死了多瑪，卻讓那警員跳海逃走了。怎料丐幫原來暗中與日本黑龍會勾結，早就看上了紫微壇的秘密。這次聘請他們追查，反給丐幫有機可乘，窺伺我們的秘密，可真老貓燒鬚。」

小保握拳，語帶哽咽地問道：「那，那碑拓上的，究竟是什麼？」

辛開陽說：「真正的排龍訣。」

鑰匙

小保實在想不明白，為什麼他尊敬的多瑪老師，會對這樣一個古老傳說有興趣，甚至丟了性命。

辛開陽說：「也許你難以接受，我們的假設是：有英國人在文物裡發現了紫微壇的位置，於是透過教會的福傳事業，去掩護他們的挖掘工作。我估計紫微壇就在宋王臺山腳，所以教會才會在那裡興建教堂。」

小保想了想，不禁說道：「多瑪老師的確是同一個教會的。莫非來找他的警察也是同一個教會的？」

辛開陽說：「根據丏幫告訴我的情報，那英籍警員應該不是信徒，卻應該是你的老師派去監視教堂工程的。實際上，老湯混進教會後，也找不到聽過有關紫微壇傳說的人。多瑪很可能是真正知情者。那也等於說，他是在背後的真正策劃人。」

小保回憶老師的慈祥微笑，很難相信他是這一切的幕後黑手。老師不是教他信耶穌得永生嗎？為什麼他會相信一個子虛烏有的東方傳說，去尋找那個什麼紫微壇？難道為了進入永恆值得賠上性命？

突然間，小保腦裡出現了老師的遺體，心中浮現一個謎團，便問道：「英籍警察曾將一個信封遞給老師，

但是當我發現老師時，老師的拳頭只是握著信紙上撕下的一角。究竟那封信在哪裡呢？」

辛開陽說：「你的觀察力不錯！我們從洪搖光那裡得知，當時多瑪手上只是握著信紙的一角，再綜合丐幫的匯報，我們可以推斷出有異常的狀況。這要不是丐幫刻意欺騙隱瞞，便是當時有第三者在場，把那拓印了真正排龍訣的信紙取走。」

小保立即說：「如果是丐幫的人拿走了有真正排龍訣拓印的信，他們為什麼不立即去研究那五個吉位去找鑰匙，反而纏著我們呢？」

辛開陽說：「傻小子，不是人人都能理解『排龍訣』背後的學問，跟蹤你們找到鑰匙不是簡單得多嗎？我相信他們和日本黑龍會尋找紫微壇是有目的的。」

小保想起川島芳子跟他的對話，說：「我記得我朋友壁輝說過，丐幫找『聖壇』是想找一個能統一中國，拯救百姓的聖人。」

辛開陽說：「紫微壇與聖人無關，只與長生有關，我也知道黑龍會在找紫微壇……。」說到這裡，他又狂咳起來。

小保終於忍不住問道：「究竟黑龍會是什麼組織？」

辛開陽卻突然問：「你聽說過『玄洋社』嗎？」小保搖搖頭。

辛開陽便說：「自從航海業興起，西方國家開始來到佔領亞洲地區並建立殖民地。『玄洋社』是一個右翼團體，它在 1881 年，即日本明治 14 年成立，旨在與亞

洲其他國家結盟，以對抗西方列強的殖民主義。在 1885 年，有日本學者在《脫亞論》中指出，中國的落後在亞洲區會連累日本，因此『玄洋社』以此為由，開始計劃透過佔領中國領土以改善情況，同時也藉此機會擴張日本的勢力範圍和版圖。」

小保心想明明在問黑龍會之事，怎麼又扯到了『玄洋社』上，於是便問：「莫非黑龍會與『玄洋社』有關？」

辛開陽一副孺子可教的神情，繼續道：「在 1901 年，『玄洋社』成立了『黑龍會』，由內田良平領導，負責海外的工作。『黑龍會』表面上只是一個日本軍國主義組織，標榜日本大亞細亞主義，但他其實是一個特務組織，主要蒐集侵略中國的情報。」

小保衝口而出：「那麼黑龍會來到中國，是不懷好意、不安好心的了。」

辛開陽自顧自地說：「『黑龍會』在 1905 年和孫中山先生合作，在中國成立了『同盟會』，透過他們擾亂中國的局勢，分散中國的防禦力量，以幫助日本更容易佔領整個中國東北。」

小保不禁問道：「那麼孫中山先生，豈不是成為了日本侵佔中國的共犯？」

辛開陽說：「那又不然！孫中山先生只是借助不同的勢力，去驅逐大清帝國，實現『驅逐韃虜，恢復中華』的目標。大約半年前，孫中山先生在日本神戶的演說也有指出，以歷史和地位比較，中國是兄，日本是弟，中日應以維護共同文化為目的，一起對抗力外敵！」

小保點點頭，然後道：「那麼孫中山是好人。」

辛開陽帶著的仰慕的眼神，又說：「孫中山一直為國為民，實在令人十分敬佩！可惜他剛剛在三月逝世，今天日本仍是否我們的盟友，誰也不知道。也許他們找紫微壇是為了讓日本天皇長生不老也說不定。」說罷又嘆了口氣。

小保這時想起多瑪老師，他也是個令人十分敬佩的人，心裡道：「其實老師真的很想找到紫微壇嗎？他也想長生不老嗎？」小保想到這裡，忽然很想幫老師完成這個心願，於是問道：「那紫微壇是否真的就在聖三一堂？」

辛開陽說：「我們猜是的，但老湯遍尋不獲。我之所以這樣猜，是因為那拓印應該是拓自紫微壇裡的東西。若多瑪不是找到紫微壇，是不可能有真的排龍訣的。這也是為什麼當你拿著皮箱去銀行時，丐幫的人會跟蹤你的原因，他們以為你從多瑪手上拿到了紫微壇的東西。」

王天璇說：「那我們要比那些日本人早一點找到紫微壇，阻止他們進去。」

辛開陽說：「在你們走之前，記得先要有鑰匙，否則找到紫微壇也沒有用。跟我來，我先帶你們去找第一把鑰匙！」

慧真

在一個春雨綿綿的日子，一個身長七尺、肌肉結實的男人走到江門外海的五馬歸槽山麓，大步穿過一個古寺的大門，門楣上古勁地寫著：「茶菴」。一進古寺，便聞到撲面而來的荷花香。夾道種滿參天巨木，耳邊響起雀鳥迎接春天的歌聲，充滿歡欣。

然而，男人卻戴著闊帽，一直低著頭走，把面藏在陰影裡。儘管看不見他面上的表情，卻也能感覺到他的沉鬱和冷酷。連鳥兒看見他走過來，也立即噤了聲。

就在寫著「小朱明洞」的牌坊旁邊，站著一個和尚。他一看見男人走過來，便高宣佛號，然後說：「施主，你終於來了。」

那男人點點頭，也不答話。

和尚笑笑，繼續說：「施主是第一次來敝寺吧？你可知道建立這個『茶庵寺』的人大有來頭？他就是一行禪師，俗名張遂。他是唐朝時的天文學家，編制了當時最精密的《大衍曆》，更參與了地球子午線的長度的計算，比西方早上千年。據說他還從天道運行中發現了生死的秘密，結果武則天派侄兒武三思迫他說出秘密，所以他才出家，避走嶺南，建立此寺作隱居之用。」

和尚把古寺的歷史娓娓道來，男人依然不發一言，只在談到永生秘密時，肩膊動了一下。

　　和尚回頭遙望著古杉木，又自顧自說道：「也是。沒有人會對天文學家有興趣了，今天『四大寇』孫中山、陳聞紹（字少白）、尤列、楊鶴齡才是家傳戶曉。你也是為『四大寇』而來的吧？聞紹已知會了我。聞紹小時候便經常來這裡玩耍。聽說他不再任職銀行了？」

　　男人終於開腔，用低沉的聲音說：「是的，陳少白先生已辭職回來了。」

　　和尚說了一聲：「善哉！聞紹總算全身而退，離開紅塵。」

　　男人繼續說：「孫中山先生死了。」

　　和尚並不驚訝，只說了一聲：「阿彌陀佛。」

　　男人輕聲說：「陳先生認為你有復活他的方法。」

　　和尚忽然回頭看著男人，雙目精光四射，完全不像一個上了年紀的僧人。和尚就這樣盯著男人一會後，說：「那個只是傳說而已，若一行和尚真有起死回生的方法，那他就不會圓寂了。」

　　男人踏前一步，說：「若他沒有，武則天就不用派人捉拿他，他也不用避走嶺南了。今天不管要用多大的代價，我也要得到這個秘法，不是為了我自己，而是為了在水深火熱之中的老百姓。」

　　和尚忽然嘆了口氣，說：「傻孩子，老衲本是天王洪秀全的手下，天王在天京死後，我也想過要復活天王，所以才來這裡。當時此寺的老住持跟我說：『歷代英名

不墜的領袖，都是短命的領袖，一旦能活久一點，便會犯錯，被後世恥笑，所以在位 20 年的李世民成了明君，在位 40 年的李隆基則成了昏君。』之後又聽說老賊曾國藩已把天王的屍首掘起剁碎，再以烈火焚毀，我才打消了念頭，潛心研究佛經。」

和尚歇了一歇，像是回到了幾十年前，緬懷了一番，然後才繼續說：「我慧真和尚接手此寺當住持時，必須先應承守護那套秘法，不要管凡夫俗子的是非與生死，老住持才把秘法傳給我。不過孫先生真的胸懷天下，讓老衲敬佩，所以我才會讓出此寺作為興中會的據點。但現在若要讓孫先生長生不死，不但有違天理，也很可能會讓他由偉人變罪人。」

男人說：「放心，我們不是要讓他長生不老，只是想讓他多續 12 年壽命，完成北伐的統一大業。」

慧真和尚說：「但你說他已經死了？其實那秘法就是著名的『七星燈』續命術，只要在人體七個穴道位置上點燃『七星燈』，連續七天燈火不滅的話，就能為那個人續命。三國時的諸葛亮與明朝的劉伯溫都試過，前者失敗了，後者卻成功了，始終生死有命不由人。」

男人這時開始恭敬了點，合十說：「所以秘法是存在的了？請繼續說。」

慧真和尚吸了口氣，繼讀說：「那七個位置分別是『膻中』、『天目』、『泥丸』、『夾脊』、『命門』、『丹田』和『海底』。如果將它們連起來，就像北斗七星。天目是貪狼星、泥丸是巨門星、夾脊是祿存星、膻中是文曲星、命門是廉貞星、丹田是武曲星、海底是破軍星。

不過，這『續命法』是為未死的人續命。孫先生既已死去……。」慧真和尚頓了一頓，說：「便沒有用了。」

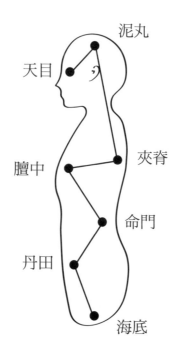

男人察言辨色，說：「是否有其他辦法？」

慧真和尚又嘆了口氣，說：「有是有，但是太損陰騭。要在死神手裡把魂招回來，首先要有陽氣極盛的男人作祭師。九為陽，六為陰，九月九日出生，屬馬者最佳。」

男人拍了一下胸口：「那就是我。」

慧真和尚面上陰晴不定：「其次，作法者要在死者

身上七個穴道點起『七星燈』。最後，要在『太陽至陰』的時候，用陰人的鮮血灌入死者口鼻，便能把魂招回來。」

男人奇道：「什麼時候是『太陽至陰』的時候？」

慧真和尚說：「就是碰巧在午時，烈日當空卻又完全沒有陽光的時候。那時至陽與至陰重疊，陰間到陽間的通道會短暫地開放，斗君才能幫你起死回生。」

男人想了一想，問道：「莫非是日蝕？」

慧真和尚說：「對的。」

男人立即頭皮發麻：「別說要等上千年的日全蝕，日環食最近也要多等 30 年才有。有沒有別的方法呢？」

慧真和尚說：「有的。你知道北斗第二星，『巨門』星嗎？巨門屬陰水陰土，化氣曰暗，是一個能吞噬一切光明的黑洞，所以也象徵『口』。你只要找到當今『北斗』的『巨門』，在孫先生身上的『七星燈』前殺掉她，自然會出現短暫的日全蝕。到時你趕緊用她的血灌入孫先生的口鼻，孫先生自會回陽。」

男人抱拳道：「晚輩代天下蒼生，多謝老和尚把秘術傾囊相授，讓聖人可再次出世！」

五術

　　這時天已入黑，辛開陽、王天璇和小保一起離開辛開陽的家，走到油麻地的天后廟。在下樓時幾位黑衣漢子已遙遙站在街角向王天璇點頭致意，似乎那些警察已被他們打發掉。

　　辛開陽邊走邊說：「小保，你說你是水上人？」

　　小保答道：「是的。」小保心情還處在很混亂的狀態。一方面，他無法忘記辛開陽間接殺死了他的老師，對王天璇一直瞞著自己她的身分也無法釋懷；另一方面，他若要替老師完成心願，找到紫微壇，那便必須繼續依靠這幾個自稱「北斗」的人。

　　辛開陽說：「那你知道為什麼這裡叫油麻地？」

　　小保答道：「我知道，因為這裡是船隻泊岸的地方，也是漁民買桐油補船及曬船上麻纜的地方，所以才叫做油麻地。而且，漁民出海前會先拜天后，所以碼頭都會建天后廟。這間油麻地天后廟便是早於同治年間已建好，只是因為後來被風災摧毀，才再建一所，並把這條街叫廟街。」

　　王天璇奇道：「但是這裡不是內陸嗎？怎麼會是碼頭？」

小保答道：「天璇，妳有沒有留意上海街向西的一條街叫新填地街？就是新填海為地的意思。我聽叔父們說，那條街40年前叫懲戒街，因為是犯人所建的，十多年前政府再填海，才把它改名為新填地街。至於上海街，以前叫差館街，因為那是油麻地警署的所在地，也是十多年前才改成上海街。警署則到了三年前才搬走。」

　　辛開陽說：「看不出你也頗熟香港的掌故。」

　　小保說：「我們漁民都崇拜『媽祖』，因為她常在發生海難時現身救人，所以對建在不同地方的天后廟都

油麻地天后廟像

很清楚。我還知道媽祖因為救了清朝的水師，才被康熙封為『天后』。這些故事我很小時便聽過。」

辛開陽說：「厲害。但你可能不知道，天后本是北宋時一個來自福建的女孩，名叫林默。她在 27 歲時在南海發現了永生的秘密而成了神仙。傳說中，那秘密就在九龍，所以早於南宋度宗時，便在西貢建有天后廟，也就是清水灣南邊的『大廟』。」

小保聽出興趣來，忍不住問：「那是否意味著林默找到了紫微壇？」

辛開陽說：「我們是這樣認為。她羽化成仙的時候，『北斗』這組織還沒有成立。如我說的，我們是宋末元初的時候才開始守護紫微壇的。」

說著說著，他們轉眼便到了天后廟。只見門外很多攤販正準備營業，又有說書的又有唱戲的，好不熱鬧。

他們一行三人走上天后廟的石級，小保第一次認真欣賞天后廟美輪美奐的建築，特別是瓦脊上的石灣陶塑，色彩繽紛。兩旁分別有公所、福德祠、社壇和新近落成的書院，變成一列五座兩進式的建築。

天后廟旁的公所是「油麻地五約」議事的地方。「五約」就是油麻（蔴）地、尖沙咀、官涌、旺角及深水埗（埔）的居民組成的議會，共同商議地區事務。這時雖然已近黃昏，但公所裡好像在爭吵些什麼。

王天璇見小保豎起耳朵想偷聽，便解釋說：「他們在吵要不要讓鄰近的廣華醫院接管天后廟。十年前華民政務司要求廟宇值理將天后廟與嘗產移交醫院，以資助醫院經費，但值理們不肯。數年前東華的總理在公所旁

建了那新書院，幫助了更多貧苦學生，加上醫院本身也是救人的，所以居民代表們現正和廟祝（值理）爭取盡快把天后廟移交。聽說舊書院之後便會出租，增加醫院收入，洪師父都好像有興趣租來做跌打醫館呢！」

小保點頭道：「原來是這裡！師父有說過要搬，卻沒有說過要搬到哪裡。」然後又奇道：「東華醫院不是在港島嗎？聽說他們正忙於興建東華東院，為什麼要來九龍湊熱鬧呢？」

王天璇道：「哎，你真的應該多看新聞紙。廣華醫院也是東華醫院的董事成立的。所以東華的總理才會投資天后廟，希望天后廟的收入能幫補醫院，否則醫院提供義診，單靠總理捐獻實在長貧難顧。不少人已開始把東華、廣華和東院這三家醫院合稱『東華三院』。」

辛開陽這時領著他們穿過門旁的兩隻古老石獅，說：「到了。你們要先記著，紫微壇的鑰匙，與中國五術有關，特別是五術中與壽夭有關的部分。」

小保問道：「什麼是五術？」

王天璇代答：「就是山、醫、命、相、卜。」

小保追問：「那什麼是山、醫、命、相、卜？」

辛開陽故作神秘地說：「待會你便會清楚明白。」

小保抓抓頭，疑惑地問道：「那壽夭又是什麼？」

王天璇又答：「長壽的壽、夭折的夭，亦即壽命的長短。壽夭能看一個人的壽元，即壽數。」

辛開陽接著說：「而油麻地天后廟隱藏的，是相學的謎題。」

王天璇道：「小保，辛老師現在說的，便是『山、醫、命、相、卜』中的『相』了！」

小保有點茫然，又問：「看相的不都是胡謅的嗎？有什麼謎題？」

辛開陽哈哈一笑，說：「也許你說得不錯，在廟街看相的，十之八九都是江湖騙子。然而，相學也有真傳的。」

王天璇解釋：「據說在五代，有一仙翁叫麻衣，隱居在華山石室，並把相學傳授了陳摶。陳摶是一位得道高人，宋太祖趙匡胤立宋朝後，曾數次邀請陳摶當官，陳摶都婉拒。到太宗繼位，在使臣力邀之下，陳摶曾到開封見了太宗一面，為他看相，並認為他是『有道仁聖之主』。太宗後來賜號『希夷先生』，所以今天我們都說『紫微斗數』是陳希夷所創的。」

辛開陽接著說：「麻衣在華山傳給陳希夷的，是兩首歌訣，名為《金鎖賦》和《銀匙歌》。歌訣裡有如何看出人一生是富是貧、是智是愚、是善是惡等的特徵，唯獨沒有很多人關心的一件事──壽夭。兩首歌訣裡只有四句有關的：『乍逢滿面有精神，久看原來色轉昏，似此之人終壽短，縱然有壽亦孤貧』，意思是壽夭只能看氣色。」

王天璇說：「那是因為壽元是天機，算命看相的縱然知道，亦不能隨便說出來，否則洩漏天機可是要折壽的。」

辛開陽又說：「不過，麻衣在華山石室時，另傳了一首《石室神異賦》給希夷先生，內有一句：『相中訣法，

壽夭最難。不獨人中，惟神是定』，內藏了一個訊息。」

小保反覆思量，都想不出那訊息是什麼，只好投降：「辛老師，你便別賣關子了，我從來沒有學過這些東西，又怎會想到幾句詩裡有什麼訊息？」

辛開陽笑說：「那當然。這 16 個字裡，有兩個字是面相的位置，那就是『人中』，亦即鼻下唇上的位置。這四句話表面在說不只是『人中』可代表壽夭，氣色也很重要。然而，反過來的意思，正是『人中』是看壽夭的一個方法。既然紫微壇代表的是永恆，也是林默成仙

油麻地天后廟

得永生的地方，那它的鑰匙便最有可能藏在代表壽夭的位置裡。」

小保奇道：「你不是說『人中』是面上的位置嗎？我們在那塊面上找『人中』呢？」

辛開陽說：「你現在走兩個圈，想想五座兩進的天后廟的俯瞰圖，再加上那彎彎如笑面的水池，像什麼？」

小保恍然：「人面！那『人中』豈不是在……入口前的石級？」

辛開陽讚賞道：「好小子。趁現在人不算多，快把它拿出來吧。」

小保盯著門口的石級看，卻忽然察覺到兩隻石獅並不是向前看的，它們扭頭正看著上香的香爐。小保仔細看看那香爐下的石板，邊緣光滑，於是用力踏上一端，果然另一端升起了一點。

王天璇於是上前，和小保一起把石板掀開，在泥沙下起出了半隻羊脂白玉雕成的老虎。說是半隻，因為老虎後半是一些幾何形狀，像是一個榫卯。

這時辛開陽走過來，拍了拍小保的肩頭，說：「做得好。白虎屬金，故放香爐下，以火剋制，讓人不易找到。小保，我們把排龍訣的秘密交給你，一方面希望你能比那些英國人早一步找到紫微壇，另一方面亦希望你將來能接替我，守護這個秘密。你既是洪搖光的徒弟，又是天璇的朋友，我們不用你保證些什麼，我只希望你能原諒我，殺死多瑪並不是我的本意。」

小保一時悲從中來，但眼神仍是很堅定，對辛開陽

說：「辛老師，在你告訴我這許多秘密之前，我不是已應承了會原諒那殺我老師的仇人嗎？我至今仍不太相信老師會對紫微壇有興趣，但若他真的覬覦永生，那便是咎由自取。我一定會查出真相。至於紫微壇，我會為你們好好保守這個秘密的，請放心。」

辛開陽點頭說：「很好，很好。取鑰匙的方法我已教了你，你這就去下一個吉位吧！原諒我不能陪你去了，我並不想驚動敵人來搶鑰匙。」

小保點頭：「好的，我這就去。」

王天璇也向辛開陽告辭，說：「辛老師，我會幫助他的，你放心吧。」

辛開陽笑了笑，揮一揮手，便轉身離去。

北帝

　　小保頭也不回，便向前走。王天璇追上來，挽著小保的手臂，問：「小保，你是不是惱我了？」

　　王天璇的體香撲鼻而來，小保不禁回望她，無奈地道：「我又怎能狠得下心惱妳呢？」

　　王天璇笑說：「那就太好了，人家由始至終都是想幫你的呀！」

　　小保奇道：「其實妳之前根本不認識我，為什麼要幫我呢？」

　　王天璇掩嘴笑道：「哪有八音館員工又斟茶又上菜、又撥扇又抹地的呢？我早就留意到你了，也跟八音館老闆打聽過關於你的事。當知道你是洪師父的徒弟後，我便問准了其他『北斗』的師叔伯，讓你加入調查。否則誰有空教你那麼多東西呢！」

　　小保心裡一熱，忍不住捉緊她的手，說：「謝謝妳。我可是妳的頭號歌迷呢！」

　　王天璇笑說：「知啦，知啦，我們快走吧，否則那些英國鬼便會快我們一步了。」

　　他們信步到了青州街的小山丘，走斜路上北帝古

廟，只見四邊竟圍了木板，原來正準備拆卸。這時，有把嘹亮的聲音響起，差點沒吵醒所有附近的居民，道：「等你們很久了！」

小保又驚又喜，跳起來跑向前面的黑影，道：「師父！」

站在前面不動如山的，正是洪搖光洪師父。

洪搖光一掌拍向小保的肩膀，小保一愣，不知這是親切的一拍還是運上了內勁的一拍，不敢閃避，唯有運足氣勁硬擋。「啵」的一聲，那一掌還是結結實實地拍在了小保的肩上，卻沒有半點力度，讓小保輕飄飄的難受得要命。洪搖光見狀則哈哈大笑。

這時王天璇才盈盈上前，拱手為禮，說：「小女天璇，見過洪師父。」洪搖光笑著說：「好、好。果然是英雄配美人，我徒弟還是很有福氣。」王天璇唰的一下面紅到脖子根上，小保立即為她解圍：「師父，你別亂說，天璇是當紅歌伶，徒兒只是一個小歌迷罷了，怎敢高攀。」

洪搖光繼續笑說：「是嗎？也許是老了，眼睛不中用，我剛才好像還看見有對小情侶拖著手上斜路？」

王天璇終於忍不住踩了踩地，抗議說：「洪師父！」

洪搖光大笑說：「好了好了，我就放過你們吧。能找到這裡，想必老辛已把紫微壇的秘密傳授了你們。這個北帝廟建於光緒初年，供奉的只是主宰壽夭的北帝，亦即統御北斗的真武大帝、玄天上帝或玄武神。還記得北方五行所屬嗎？」

小保答道：「北屬水，色為玄。是否因此叫作玄天

上帝？」

洪搖光欣慰地說：「果然是士別三日，非復吳下阿蒙。」

小保問道：「既然北帝是北邊的神祇，為什麼北帝廟不在北邊？」

洪搖光答道：「那是由於中國北水南流，所以北帝廟亦是建在南邊。」

王天璇忍不住說：「好了，這些典故可以遲些再談。這裡現在圍封了，怎麼辦？」

紅磡北帝古廟

洪搖光笑道：「好辦！」然後踏著虎步，走向圍板旁鐵絲網做成的閘門，然後一記轉身虎尾，右腿劃了大半個圓，砰一聲把那鐵閘門踢歪了，立即可以隨意出入。

洪搖光彎腰說：「先生小姐，有請！」

在小保還在為師父擅闖地盤發呆之際，王天璇已經拉著他進去了。

雖說要遷拆這所北帝廟，但由於大罷工的關係，工程還未開始，所以北帝廟仍然保存良好，只是不少的建築工具已運到了，堆在廟前。

洪搖光說：「好了，徒弟，你知道為師的除了教拳，還靠什麼糊口嗎？」

小保說：「當然知道，是跌打。」

洪搖光說：「對了。那你覺得我為什麼在這裡等你？」

小保回想辛開陽提過，要找鑰匙，必先懂五術，於是答道：「莫非要在這裡找到鑰匙，要先懂得醫術？」

洪搖光點頭說：「又答對了！果然是我千挑萬選的徒兒，這便是五術『山、醫、命、相、卜』中的『醫』了！」

小保立即問道：「若相學是由麻衣傳給陳摶，那醫術又來自誰呢？」

洪搖光說：「中國醫術又稱岐黃之術，你知道為什麼嗎？」

王天璇答道：「那是因為醫術相傳是岐伯傳給軒轅黃帝的，都記載在《黃帝內經》裡，分為《素問》與《靈樞》兩部分。」

洪搖光說：「這女娃也懂得不少！《內經》與《傷寒論》、《金匱要略》和《溫病條辨》並稱中醫四大經典，然而《內經》是最古老卻又是最玄奧的。

　　「說它玄奧，因為它所載的知識超越時代。譬如肝的解毒功能，在西方要到十八世紀時才被發現，《內經》卻在最遲二千二百年前便已有記錄，指出肝為『將軍之官』，是『中之將也，取決於膽，咽為之使』。又譬如糖尿病，《內經》亦清楚地記下『肥者令人內熱，甘者令人中滿，故其氣上溢，轉為消渴。』《內經》甚至記載了岐伯告訴黃帝地球是懸浮在『太虛之中』的！我年輕時便已覺得岐伯不是地球人，是外星人……。」

　　王天璇不耐地問：「洪師父，讓我提提你，我們現正非法闖入官地，能不能盡快拿了鑰匙離開呢？」

　　洪搖光笑說：「年輕人真是的。那你知道鑰匙與什麼有關嗎？」

　　小保立即說：「壽夭。」

　　洪搖光認真地說：「對。那你知道黃帝請教岐伯醫術時，稱他為『天師』嗎？因為岐伯本就是仙人廣成子推薦的。黃帝於是整天請教岐伯養生之道，上完課都會『瞿然而起，再拜而稽首』，並把他說的東西『著之玉版』，讀之前還要先齋戒沐浴，目標是『能卻老而全形，身年雖壽，能生子也』，即不只長壽，還能百歲生子！結果，你猜黃帝有多長命嗎？」

　　王天璇說：「這樣說，最少有百歲以上吧？」

　　洪搖光說：「《史記》說黃帝『且戰且學仙……百餘歲然後得與神通』，最後『仙登於天』。」

小保奇道：「師父，你不是說黃帝也是透過紫微壇得永生吧？」

洪搖光說：「是不是同一個紫微壇就不得而知，但《內經》裡肯定有壽夭的秘密。」

王天璇說：「洪師父，你別賣關子了，我們若要現在開始讀《內經》，找出這個秘密，恐怕整座北帝廟搬走了，我們也未能找到鑰匙！」

洪搖光笑說：「好了，好了，真拿你沒辦法。我現在告訴你謎面：北帝掌管什麼？」

小保說：「壽夭？」

王天璇說：「不是的。南主壽，北主死。北帝掌管的是死亡。」

洪搖光說：「非常好。那要不死，便必須要剋制北帝。北帝的五行是？」

小保對這個已很清楚，答道：「是水。」

洪搖光問道：「那剋制北帝的是？」

王天璇說：「水來土掩！」

洪搖光又問：「對。那五臟裡，哪一個屬土呢？」

小保與王天璇你眼望我眼，都不知道。

這時洪搖光又開始解釋：「根據《內經》，水在臟為腎、火在臟為心、金在臟為肺、木在臟為肝、土在臟則為脾。」

小保明白，說：「所以在北帝廟的脾位便是鑰匙所在？」

洪搖光說：「這是對的，不過有個小問題。如果你對人體略有認識，便知道脾臟只是一個藏在胃後面的小器官，不少解剖圖甚至不會標示。」

王天璇說：「作為五臟之一，應該有一定大小，難道《內經》的脾不是今天我們所說的脾臟？」

洪搖光讚道：「冰雪聰明，小保你有福了。」

王天璇面上立時又變得通紅了，嘟起小嘴瞪著洪搖光。

小保知機地解圍，說：「我們常常說脾胃脾胃，脾必然與消化有關。多瑪老師曾經教我們，消化用的汁液都是來自胰臟的，莫非中醫的脾臟其實是胰臟？」

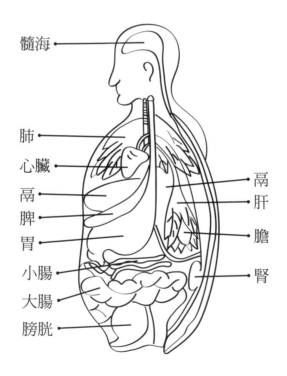

髓海

肺
心臟
鬲
脾
胃
小腸
大腸
膀胱

鬲
肝
膽
腎

洪搖光拍掌說：「不愧是我最聰明的徒弟。正是由於當初把『脾』配對了西醫脾臟的翻譯，於是到翻譯胰臟時，便唯有創作一個字出來。既然胰臟是外族人才有的臟腑，而漢人以往叫外族人做『夷』，所以便把脾叫作胰臟。這就是為什麼胰臟那麼大的臟腑，在中醫的經書裡卻沒有記載的原因。」

　　王天璇這時已恢復正常，插嘴說：「豬的胰臟叫豬橫脷，也就是橫互在胃上面、橫膈膜下的內臟。如果像油麻地天后廟那樣看俯瞰圖，兩進的北帝廟也像一個人體的軀幹，若神壇是頭，入口便是肛門，那胰臟就是兩進中間的地方。」

　　小保立即走過去廟的正中看看，地上果然橫互了一排石板。他小心觀察，也是有一塊的邊緣較為光滑。他

紅磡北帝古廟像

用力踏在其中一端，另一端微微翹起，讓他與王天璇能合力掀開它。稍稍掘開泥土，便見半隻墨玉雕成的龜蛇雕像，另一半也是一個榫卯。

洪搖光慈祥地說：「小保，那就是用珍貴的戈壁墨玉雕成的玄武鑰匙，以泥土掩蓋，好能以土制水。玄武正是北帝的坐騎，你千萬別弄丟了。趁著夜色，快快去下一個吉位吧。這裡我會善後。」

小保與王天璇取得鑰匙，道謝數遍，便立即離開。

天后

　　他們向北走了沒多久，便到了同是光緒年間興建的土瓜灣天后廟。這間天后廟與油麻地的天后廟分別位於九龍半島的東岸與西岸，守護著九龍的漁民，正好相對應著排龍訣的左輔與右弼兩個吉位。

　　兩人經過浙江街有 30 多年歷史的土瓜灣聖公會學校，便到達天后廟附近。這時天已入黑，他們差點找不到那座天后廟。幸好有個人在街角向他們招手，那人正是龍津義學的湯天權湯主任。

　　湯天權看見小保，冷冷地說：「你不是說要到警署尋寶嗎？為什麼還有空來拜神？」

　　小保不滿地說：「湯主任，你明知我那時候搞錯了，也不糾正我！」

　　湯天權不屑地說：「糾正你也沒有用，當時老辛還未見過你。儘管老洪大力推薦，大家也對你頗有好感，但老辛不相信一個水上人能明白我們所守護的知識，所以我們並未決定能否把所有秘密告訴你。現在老辛既然已把真的排龍訣傳授給你，代表了他對你的肯定，我們也就來幫你找出鑰匙。」

　　小保這才明白，道：「原來如此。那麼這所天后廟

土瓜灣天后廟

隱藏的壽夭秘密又是什麼呢？」

湯天權答道：「看來你已破解了不只一個吉位。很好，很好。不愧是洪師父物色的接班人。」

小保說：「是的，我已有白虎與玄武兩顆玉雕。」

湯天權說：「你到過的那兩處用上了五術中的麻衣神相學與岐黃醫術。這裡嘛，是看你懂不懂五術『山、醫、命、相、卜』裡所謂的『山』。」

小保不禁問：「這『山』莫非是有關風水？又是什麼龍脈、明台之類的東西？」

王天璇嘆唏一笑，說：「小保，若『人』走向『山』，會變成什麼？」

小保恍然：「噢，我知道了！原來五術中的『山』

是『仙』的意思！」

王天璇笑著點頭。

小保問道：「莫非我們來這裡要知的是升仙之道？」

湯天權說：「對了。傳統修仙必然由煉丹開始。丹分為天、地、人三種。天丹又叫築基法，地丹又叫食餌法；前者是靜坐吐納的功夫，後者是服食藥膳的方法。至於人丹，就是所謂房中術。」

小保問道：「什麼是房中術？」

湯天權故作神秘地低聲說：「這就要由天璇告訴你了。」

王天璇再次漲紅了臉，小保鑒貌辨色，有點猜到，卻仍是不禁問：「是不是武俠小說裡所謂的合體雙修？」

湯天權繼續低聲地說：「正是！」

王天璇忍不住說：「好了耶，你們再這樣我便要走了。小保，枉我還一直幫你，你卻和他們一起作弄我！」

小保陪笑說：「對不起，對不起！是我不對！」回頭跟湯天權說：「湯主任，事不宜遲，鑰匙在哪裡？」

湯天權踱著步，托一托厚眼鏡，才說：「別心急，先講回煉丹。丹者，單也，也就是『一』的意思。老子《道德經》有云：『天得一以清；地得一以寧；神得一以靈；谷得一以盈；萬物得一以生。』所以我們只要『得一』，也就是『得道』，便得長生⋯⋯。」

小保瞪大了眼，問：「湯主任，我想我已告訴過你，我對長生沒有興趣，我來這裡只是找鑰匙，湯主任你滿肚墨水，小保實在敬佩萬分，但是你能否簡單地告訴我

鑰匙在哪裡？」

湯天權搖頭晃腦地答道：「不成、不成。仙人呂洞賓便曾說：『由來富貴原是夢，未有神仙不讀書。』小子你胸無半點墨，不要說升仙，試問又如何能娶得美人歸呢？」說著，竟向王天璇眨眨眼，一臉邪笑。

王天璇終於忍無可忍，說：「我在外邊呼吸一下。」轉身就走了出街口。

小保搖搖頭，說：「湯主任，你看你做的好事。」

湯天權事不關己似地說：「言歸正傳，煉丹人必讀的，是東漢真人魏伯陽所著，被稱為『萬古丹經王』的《周易參同契》。《參同契》內裡有一句『子午數合三，戊己號稱五。三五既和諧，八石正綱紀』，之後說『三五德就，乾體乃成』，最後說『三五與一，天地至精，可以口訣，難以書傳』，說明修仙關鍵在於『三五與一』。」

小保聽到一頭霧水，幾乎要放棄尋找紫微壇。

湯天權頓了一頓，接著說：「你不明白是正常的，所以五代十國時有位道士，叫彭曉，做了一個解釋。他說：『子水數一，午火數二，共合成三也。戊己土數五也，三五合成八，此乃三五既和諧，八石正綱紀也』。」

小保迫不及待：「這個我懂，既然得一便得道，亦即得永生，那子水數一必然是指屬水的北方埋藏了鑰匙？」

湯天權讚道：「好小子，我們果然沒選錯人。不過要留意『子水數一』之後是『午火數二，共合成三也』，而『三五既和諧，八石正綱紀也』。這些數字會否讓你

想起什麼？」

湯天權在侃侃而談的時候，小保已跑到神壇旁的北角，竟給他掀起了一塊石板，並找到半隻瑪瑙雕成的朱雀，和另外兩支鑰匙甚為相似。

小保得意地說：「湯主任，謝謝你循循善誘，但任務已達成，我下次再來義學請教仙道吧。」

湯天權又邪笑著說：「你可以離開，但我建議你走之前先看看三支鑰匙的榫卯是否吻合？」

小保拿出玄武和白虎的鑰匙，兩支鑰匙能輕易地被嵌在一起，但這支朱雀鑰匙卻明顯地不能與那兩支匹配。

小保沮喪地：「鑰匙竟有假的。湯主任，你剛才在說人什麼來著？」

湯天權望著北帝的神像，頭也不回地說：「既然排龍訣有假的，鑰匙當然也有假的。我剛才問，子水數一、午火數二、三五和諧、八石正綱紀等等數字，會否讓你想起什麼？」

小保回想他這兩天學過的東西，問道：「也許這是河圖和洛書的方位？」

湯天權豎起姆指說：「聰明！在談那個之前，要先說明，中國在尋找長生不老的方法上面，下了好幾千年的功夫。修道人把生命的本質，分析為魂與魄。魂就是精神，屬陽，又叫『性』；而魄則是肉體，屬陰，又叫『命』。《抱朴子》進一步說我們有三魂和七魄。中國與西方不一樣的地方是，中國的永生不只是精神，像你們基督教所謂的，只有魂能夠歸天國，而是性命雙修。」

小保忍不住說：「其實基督教都相信肉身的復活，早在以西結書三十七章便有枯骨復活的描述，耶穌亦多次復活死人，更親身證明肉身復活的可能性。」

　　湯天權點頭：「這個你會比我熟。無論如何，這個概念對理解丹道來說非常重要。不少人在讀《參同契》或其他丹經時，讀到『以元制有』、『龍呼虎吸』、『鉛火汞水』等等，以為是在丹爐內拿鉛水、水銀等毒物烹煮成丹藥。結果幸運如孫思邈，發明了火藥；不幸如李世民，就毒死了自己。

　　「其實『汞』、『元』、『龍』、『水』、『坎』或『陽氣』等代號都代表『性』，而『鉛』、『有』、『虎』、『火』、『離』或『陰氣』等代號都代表『命』。它們分別代表魂與魄或精神與肉體。所謂『以元制有』不過就是透過控制肉體欲望來修煉精神力量的意思。而這正是『山術』或升仙的基礎原理。」

　　小保已聽到有點睏，見湯天權終於停了一停，囁嚅道：「不如我們回到河圖和洛書？」

　　湯天權笑說：「現在的年輕人真是心急。好了，你現在把河圖和洛書畫出來看看，一、三、五和八有什麼特別？」

　　小保拿著兩幅圖比完再比，終於發現了這幾個數字的共通點：「兩幅圖的一都是在北方，三都是在東方，五都是在中間，而八也都是在東邊。」

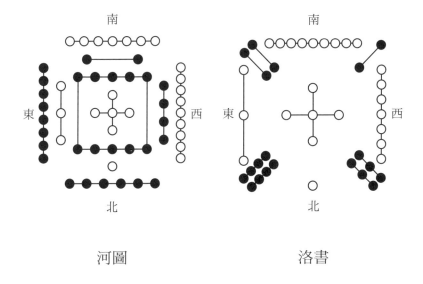

河圖　　　　　　　　洛書

　　湯天權點頭：「再者，單數都用白點表示，代表它們屬陽，所以說水數一，水火合成三，加上土數五，都是陽數。而三五相加變成八，是偶數，而偶數都是陰數。這正是代表精、神、氣的一、二、五，亦即水、火、土相調和，讓代表肉體的八能長生不老的方法。不少修道人窮盡一生努力去練的，正是呂洞賓所謂『煉精化氣、煉氣化神、煉神還虛、煉虛合道』等四個一二五相調和，再生出八正的階段。」

　　小保的鼾聲就在這時響起來。

　　湯天權無奈地搖醒小保，說：「小子！好了，好了，這就告訴你吧。你有沒有發現這間天后廟門向微微向東南？由偏向北的神壇走過廟中間再到東邊，你有沒有發現門旁有點特別？」

小保揉揉眼睛，向著湯天權所指的地方看過去，那角落竟掛著一個古老的銅鐘，剛才太暗並沒有留意。小保回望湯天權，湯天權點點頭：「一二合成三，就是一水生青龍。木位再生火，正是朱雀所在，而以金剋木，故放了個銅鐘去掩藏。」

　　小保歡呼了一聲，把王天璇引得走回廟內，看看發生什麼事。這時小保已在移動銅鐘下的一塊平滑石板，並在內拿出了半隻紅玉雕成的朱雀，另一半一如其他鑰匙，是個榫卯。他立即拿來與另外兩支鑰匙比對，果然互相匹配。

　　湯天權說：「小子，這不是剛才那支假的紅瑪瑙，而是珍貴的鴨血赤玉，你要好好保管。」

　　小保點頭道謝。王天璇此時拉著他說：「我已叫桓哥的手下找了輛人力車，在外面等著了。」小保高興地說：「好，那我們走吧！」

土瓜灣天后廟像

關帝

　　雖然過去幾年九龍汽車與中華巴士相繼開業，為港九新界帶來單層巴士作為市民的公共交通工具，但班次疏落，亦不會在夜間營運，所以人力車仍是最常用的代步方法。大半小時後，小保與王天璇便到達了深水埗的關帝廟。等待他們的，是朱玉衡探長。對此小保毫不意外，心忖：「有誰比警察更適合守護關帝廟呢？」

　　朱玉衡並不像湯天權湯主任那樣長篇大論。他劈頭一句便說：「我等了很久了，你們究竟在幹嘛？」

　　想起辛開陽和湯天權一個比一個長篇大論，小保和王天璇可謂有口難言，只好連連道歉。

　　朱玉衡說：「算了，算了，這裡很簡單，只需要對命數有點理解便成。你們知道誰是陳摶？」

　　小保說：「就是從麻衣那裡學懂看相的那個高人？」

　　朱玉衡說：「對了。除了相學，他還有什麼著作？」

　　小保記起王天璇介紹陳摶時有提過，試答道：「紫微斗數？」

　　王天璇喜道：「你記得我說的話呢！」

　　小保笑道：「繼『相』、『醫』、和『山』後，我

們現在說的是五術中的『命』吧！」

王天璇也笑道：「小保你真聰明！」

朱玉衡嚴肅地說：「先別打情罵俏。天璇妳告訴我，紫微斗數是用來做什麼的呢？」

王天璇朝小保伸伸舌頭，再答朱玉衡道：「紫微斗數能預測人一生、每一個十年與每一年的命運。它把運氣分成 12 方面，包括自身、兄弟、夫妻、子女、財帛、疾厄、遷移、僕役、官祿、田宅、福德和父母，然後配上不同的吉星和凶星來定順逆。」

朱玉衡點點頭，說：「所以上天很公平。每個人有的吉星與凶星都一樣，於是有些人家庭幸福些卻沒法發達，有些人發了達卻健康很差，亦有些人樣樣美滿唯獨膝下無兒。好命與否端看你是看半杯滿的水還是半杯空的水，《道德經》有云『禍兮福之所倚，福兮禍之所伏』，也暗藏這個道理。」

小保記起湯主任也說過類似的話，他認為風水只是一種交換。想起自己雖無父母，但自小得到很多長輩的照顧與教導，內心也很有同感。

王天璇問：「那是否紫微斗數裡也有有關壽夭的秘密？似乎這是五個吉位的共同謎題，難道紫微斗數能預測壽元？」

朱玉衡沒有答她，只是說：「辛老頭沒教你？壽元乃天機，不可洩也。不過，這裡的確與壽夭有關。我們要先知道，關帝廟內供奉的是關羽，而根據比較可靠的《前將軍關壯穆侯祖墓碑銘》所載，關公的出生日期以及他在正史裡的性格和命運，我們可以排出關公的紫微

斗數命盤。」

王天璇奇道：「真的？一般墓誌銘只有出生年月日，沒有時辰，如何排盤？」

朱玉衡沒好氣地說：「所以我才說要對照他的性格。關羽勇武過人，重情重義，名貫古今，但在正史中的關羽剛愎自用，驕傲自負，過度自信。這些特徵，讓我們推斷他是太陽坐命。加上曹操雖然重金拉攏關公，他卻全數歸還，所以雖然化祿，但主貴不主富，兼且鋒芒畢露，招人妒嫉。」

王天璇問道：「為何你強調是正史中的關羽呢？」

朱玉衡拿出他的小銀瓶，喝了一口烈酒，然後道：「因為不少人認為他是七殺或其他星曜坐命的，但都是根據《三國演義》中的關羽。一來，《三國演義》成書於元末明初，對像呂布這些來自蒙古的外族有所詆毀，對復興漢族的劉關張則過度頌揚；二來，對關公的神格化崇拜出現在清初，身為外族的清政府想強調恩義比血統重要，把所有岳王廟改成關帝廟，讓關羽的名氣大大增加，為他極力隱惡揚善，以致後人都被誤導了。」

小保忍不住道：「其實關羽命運的真偽、他命

深水埗關帝廟

盤的吉凶等等，我都沒有興趣，反正關羽早就作古。朱探長，能不能直接告訴我們這個廟跟紫微斗數的關係呢？」

朱玉衡說：「好，爽快！紫微斗數要看壽夭，最重要看四宮五星。四宮正是命宮、父母、疾厄和遷移。健康首要看本命，再看父母遺傳，然後是內無疾病和外無意外。」

王天璇依然很有興趣，問道：「那五星呢？」

朱玉衡說：「正是紫微、天相、天同、天梁和貪狼。紫微一生平穩，內心有寄托，所以長壽。天相為人謹慎，天同與世無爭，天梁逢凶化吉，都是長壽的性格。而性格正是決定命運的首因。」

小保心水清，問道：「那貪狼呢？聽名字不像是長壽的星。」

朱玉衡答道：「問得好。陳摶在《紫微斗數全書》裡說貪狼星是『北斗解厄之神』，亦是『主禍福之神』，因為它是大桃花，所以人緣好，辦法多，又識享受。最重要的是，它是北斗第一星。」

小保恍然：「也就是管死的？」

朱玉衡一邊喝酒一邊說：「對了。而這就是紫微斗數的秘密。在排盤時，我們會為紫微星定位，然後排天機、太陽、武曲、天同、廉貞五星。接著為天府定位，然後排太陰、貪狼、巨門、天相、天梁、七殺、破軍等七星。前六星叫紫微星系，後八星叫天府星系，共 14 顆甲級星。而紫微與貪狼正各自率領包括自己在內的五顆壽星。若紫貪一起，便能延壽，而這情況只出現在太陽落在子或午位的時候……。」

兄弟宮 113-122	命宮 3-12	父母宮 13-22	福德宮 23-32
武曲平權 文曲廟 破軍平 右弼 天馬平 破碎 大耗 小耗 劫煞 病辛巳	太陽旺祿 天姚平 八座 天福 天虛 天才 句空 截路 伏兵 大耗 災煞 死壬午	台輔 恩光 陀羅廟 天鉞廟 官府 龍德 天煞 墓癸未	天機地 太陰利科 天巫 三台 祿存廟 蜚廉 天壽 博士 白虎 指背 絕甲申
夫妻宮 103-112 天同平忌 龍池 陰煞 病符 官符 華蓋 衰庚辰	陽男 木三局 命主破軍 身主火星 命宮午 身宮申 年庚子 月癸未 日丁巳 時辛丑		**田宅宮 33-42** 紫微旺 貪狼利 文昌廟 左輔 擎羊陷 天喜 力士 天德 威池 小限 胎乙酉
子女宮 93-102 火星利 天貴 天月 紅鸞廟 喜神 貫索 息神 帝旺己卯			**官祿宮 43-52** 巨門陷 地空陷 鳳閣 寡宿 青龍 吊客 月煞 養丙戌
財帛宮 83-92	疾厄宮 73-82	遷移宮 63-72	僕役宮 53-62
天刑廟 天廚 孤辰 飛廉 喪門 歲驛 臨官戊寅	廉貞利 七殺廟 天魁 天空陷 天使陷 奏書 晦氣 攀鞍 冠帶己丑	天梁廟 地劫陷 解神廟 將軍 歲建 將星 沐浴戊子	天相地 鈴星利 天官 天殤 小耗 病符 亡神 長生丁亥

153

小保瞪著眼不讓自己睡著，最後還是決定打斷朱玉衡，說：「朱探長，你的意思是否在說，關公所在的祭壇正是他的命宮，用太陽代表，那排到紫貪的方位，便是鑰匙所在？」

朱玉衡笑說：「不是。關羽的太陽在午，亦即？」

小保立即答道：「正南？」

朱玉衡點頭說：「正是。」

王天璇不禁問道：「那五星便不在四宮中了？」

朱玉衡反問道：「關羽又豈是長壽的人？」

王天璇恍然。

關帝廟比油麻地橫向的天后廟或土瓜灣縱向的天后廟來得方一點，加上頗大的前園，俯瞰的話亦真有點像

深水埗關帝廟武器架

命盤。關帝廟裡也有古銅鐘、鼓，甚至武器架，但小保知道這次鑰匙不在銅鐘下，就算有都會是假的。就著剛才朱玉衡的排星次序，小保知道應該向西邊找。

這時已是夜深，小保摸黑觀察，赫然發現西邊的廟門旁豎立了一把青龍偃月刀。小保決定和王天璇一起移開偃月刀，底下石板果然可以掀開。

朱玉衡在他們身後悠悠地說：「金剋木，金刀剋青龍。青龍偃月刀下隱藏的，正是用沱江碧玉打造的青龍鑰匙。沱江碧玉又被稱為『碧血丹心』，也算是對關公忠義的一種讚美吧。」

小保立即拿出另外三支鑰匙，榫卯一拍即合，一支完整的四色鑰匙立即呈現眼前。

小保和王天璇謝過了朱玉衡後，便離開了關帝廟。

赤松

這時已是凌晨時分，街上靜悄悄的，不要說人力車，連行人都沒有。幸好朱玉衡借了警局裡的車，把他們載到竹園村才離開，否則小保和王天璇便要走個多小時才能走到黃大仙祠。然而，黃大仙祠所在仍是一條農村，沒有馬路，所以他們仍是要步行一段小路才能找。事實上，獅子山以南、界限街以北這片土地被稱為「新九龍」，政府還未開始發展。

因此，相比另外的四間古廟，黃大仙祠是一間相對新的廟祠，四年前才建成。廟祠的前身是灣仔的普濟壇，因火災與扶乩的開示，才搬到竹園村。廟宇佔地甚廣，據說有 20 萬平方呎，但正常並不對外開放，只讓道侶與家屬參拜，所以小保和王天璇一邊走，一邊在想如何偷偷溜進祠裡。

此時烏雲早已散去，漫天星星在照耀著小保和王天璇。王天璇指著北方的星空說：「小保，你看見北斗嗎？」

小保順著王天璇指的方位，看到了北斗。身為一個漁夫，觀天看星象是必學的技能。小保點點頭，表示看見北斗，然後若有所思地說：「從前我看北斗，是為了謀生，以北斗七星斗魁的前緣兩顆星，往前延伸約五倍

的距離，便可以找到北極星，以知道坐向，在茫茫的大海中能辨別方向。今天從各位前輩身上學會了更多相關的知識，北斗對我來說，又多了一層重大的意義。」

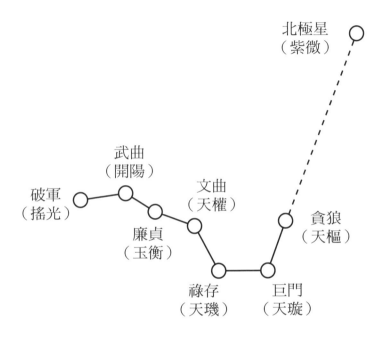

　　王天璇笑著說：「原來北斗對漁夫來說如此重要！我記得師父說過，北斗對農民也有特別意義。」她回憶著，又說：「北斗在春天時斗魁向下，像在澆水一樣，示意農民開始播種澆水。在夏天時，北斗斗魁向右，斗柄向上，像是農民在努力耕種，喻意要每天努力耕種。北斗在秋天時斗魁向上，寄盛載之意，是時候收割農作物了。到了冬天，農民休息不耕種，便把斗掛起來，因此，斗魁部分在上面，斗柄部分在下面。」

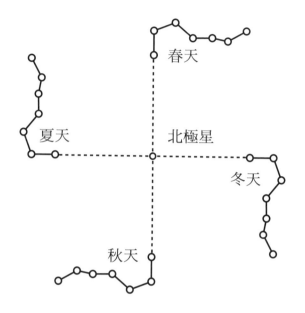

小保想了想，然後感慨地說：「原來我國的天文星宿並非隨意而為，背後竟然蘊含著如此深邃而重大的意義。」

王天璇又笑著說：「在博大精深的背後，也有人性化的設想。有趣的是，在西洋天文學中獵戶座的位置，在中國天文學來說，是一個人在上茅廁的形象。在那個『人』的旁邊，有由兩夥星組成的『屏』，而在正下方，分別有由四夥星組成的『廁』，還有一夥單獨的星，名為『屎』。」

小保想到天上的星星居然命名為「屎」，覺得中國古代的天文學家也是挺幽默的。

小保和王天璇說說笑笑，轉眼便到達黃大仙祠。

到了祠前，他們卻發現祠門大開，兩旁站著兩個黑衣漢子。

小保有點慌，卻仍是立即擋到王天璇身前，壯著膽子說：「我們是附近村民，只是路過的。」

王天璇卻在小保背後伸出頭來，問道：「你們是不是桓哥的人？」

兩個黑衣漢子眼向前方，雙手交叉在胸前，好像完全沒看見他們。

這時祠內傳來了一陣豪邁又熟悉的笑聲。王天璇興奮地跑上前，說：「桓哥！」

桓天樞魁梧的身影慢慢從黑暗中顯現出來，雙手放在背後，笑吟吟地向王天璇點點頭，然後對小保說：「小保，謝謝你為我把東西送到。聽說你已上了很多課，現在已是五術大師了？」

小保恭敬地說：「多得桓哥關照，小保這兩天確實學了不少東西，但小保資質普通，只吸收了一些膚淺的部分。」

桓天樞來到小保身邊，拍拍他的肩膀，說：「好，好得很。來，我們先進去，我帶你找鑰匙的最後一部分。這裡是新九龍，附近是軍營，最近社會又比較動盪，為免有意外，我才請兩位兄弟守著等你們。」

小保感激地道謝。

王天璇好奇地問：「桓哥，我還以為黃大仙祠是不對外開放的？」

桓天樞答道：「是的，黃大仙祠是梁仁庵梁道長所

創立。在廿多年前的某天，梁道長鬧著玩，學別人扶乩，卻竟然請到了東晉時的得道真人黃初平顯靈。黃真人叫他擇地建觀，普濟勸善，於是梁道長便在廣州建了個普濟壇，為信徒扶乩解厄。後來政局動盪，他們才把廟祠搬來香港，而廣州那個普濟壇早幾年已被國民政府充公了。」

小保不解地問：「什麼是扶乩？」

王天璇代桓天樞答道：「扶乩就是由一位叫『正鸞』的乩手，請神明上他身，然後用一支桃木與柳木合成的木筆，在沙盤上寫出神明的啟示訊息。另有『唱生』把乩文念出，和『記錄』把乩文寫下。梁道長正是一位『正鸞』，而上他身的則是赤松子黃初平真人，亦即大家所謂的黃大仙。」

小保恍然道：「那豈不是孩子們玩的筆仙、碟仙？作為一個基督徒，學術數已是不該，扶乩幾乎等於召喚邪靈，我是誓死不會幹的。」

桓天樞笑說：「也不是你說要扶乩便可以扶乩的。我們在這裡是因為我在廣州時，與梁道長有些因緣，之後我們覺得一個不開放的廟祠，最適合收藏鑰匙的關鍵，所以才把鑰匙的第五部分轉移到這裡埋掉。今晚也是得他幫忙，我們才可以夜半進來的。」

王天璇想了想，說：「五術中，小保已破解了山、醫、命、相等四個謎題，莫非這裡要考我們的，是占卜？」

桓天樞點頭說：「正是。陳摶陳希夷先生羽化仙去前，傳授了一位弟子，名叫周敦頤。人們都知道周敦頤是程顥、程頤的老師，而二程又是大儒朱熹的老師，是

宋代理學的始祖，但人們不知道的，是周敦頤著有《太極圖說》，對易學甚有研究，並把陳摶在術數上的絕學傳授了給另一位非常有名的術數大師，名叫邵雍。後世用他的諡號稱呼他，就是鼎鼎大名的邵康節。」

儘管桓天樞提起這些人名時，充滿崇敬的口吻，好像提到幾個家傳戶曉的大明星一樣，但小保對這些名字可謂一點印象也沒有，只好問道：「那邵雍有什麼著作呢？他因為什麼而出名的呢？」

桓天樞翻了翻白眼，說：「小兄弟，廟街那些用鐵版神數算命的，或用龜殼占卜的，全都是在用邵雍所寫的《皇極經世》和《梅花易數》。」

王天璇陪笑道：「桓哥你別怪他，人家是基督徒，不像我們自小在廟街玩這些。話說回來，占卜一般問事，不像算命可以算壽夭，我們在這裡究竟要找什麼呢？」

桓天樞開始道：「邵雍在《梅花易數》裡，提出了一個道理，就是萬物都是符號。譬如說，我們身後是獅子山，山在易卦裡是『艮』卦，屬土。艮卦有兩陰一陽，故此『少男為艮』。艮還可以代表手、指、徑、石、門、果、狗、鼠等等。有山在前，又代表停止。而妳應該已經學過，在數目上艮代表七，在方向上是東北。」

王天璇有點明白，問道：「即是說，要占卦斷吉凶，其實不需要像廟街的師父那樣搖銅錢？我們若是看見一隻狗，便直接可以起一個『艮』卦？」

桓天樞點頭說：「果然是在廟街打滾的。如果你在看見一隻狗之後，又遇見一位老婦，那便是代表『地』的『坤』卦。卦象立即變成山地『剝』卦，便是剝落腐

爛或喪失居所的意思，視乎你正在想什麼。」

小保又忍不住問：「那什麼卦象與壽夭有關？」

桓天樞拍拍他肩膀說：「小兄弟，那我要先解釋什麼是『體』、什麼是『用』。《梅花易數》裡有首〈諸物響應歌〉，其中一句是：『凡占人事體剋用，諸事亨通須有幸，比和為妙剋為凶，又看其中何卦證』，而針對身體健康，邵雍再加上『疾病最宜體旺相』和『體卦受剋為凶兆』。簡單來說，你的身體就是『體』，你身邊的環境或外物就是『用』。那『用』生『體』便是養生，『體』剋『用』便是祛病。相反，若『用』剋『體』便是凶險。」

小保應道：「聽起來很簡單。那如何知道『體』是什麼，『用』又是什麼？」

桓天樞答道：「占卦一般起兩個卦象。第一個是下卦，第二個是上卦，共有六爻。其中，有變爻的那個卦就是『用』卦，不變的是『體』卦。若是擲三個銅錢，有一個字，是陽爻，有一個背，是陰爻；三個都是字，便是一個會變陰爻的老陽，三個都是背，則是一個會變陽爻的老陰。總之有變爻的那個卦，便是『用』卦。」

小保奇道：「那上下卦都有變爻代表什麼？」

桓天樞笑說：「那代表你心緒不寧，訊息接收得不清楚。也有可能是事情還有太多變數，未能作出啟示。」

小保點頭道：「那是神未有啟示。其實在《聖經》裡以色列人都經常求神給他們徵兆。出賣耶穌的猶大死後，門徒也是靠抽籤抽出接替的門徒。」

王天璇忽然想起：「但是桓哥你剛才說遇上小狗都可以起卦，那用小狗起的卦便不會是變卦了吧？」

桓天樞答道：「對。古代用蓍草占卦，除了上下卦，還要再起一個卦，然後利用它所代表的數目，選出變爻。」

王天璇點頭：「原來如此。」

小保問道：「那所謂體卦剋用卦，想必是兩卦的五行屬性相剋？」

桓天樞答道：「對了，小兄弟。若你病了，然後起了個坎卦，是體卦，屬水，又起了個離卦，是用卦，屬火，那便會藥到病除。若體用調換的話，你便凶險了。」

小保問道：「那我們是否要在這裡起個卦，才能找到鑰匙的最後一塊？」

桓天樞笑說：「是，也不是。我剛才已告訴你，萬物都是符號。你現在再看看這個黃大仙祠，看到什麼？」

小保和王天璇走了一圈，發覺這裡比其他廟宇都大很多。除了在西邊掛著「赤松黃仙祠」橫匾的大殿外，去年又在大殿東邊建了「飛鸞台」作為扶乩神壇和「經堂」作為辦事處。兩幢新的建築前面仍有不少空地，似乎仍可以繼續擴建。

小保福至心靈，想到了一個概念，於是跟王天璇說：「你估黃大仙祠的謂『體』，會不會正是左邊這間大殿？」

王天璇明白過來，說：「那右邊這兩間飛鸞台和經堂，便是『用』！」

小保想了想，繼續說：「如果要用生體，那黃大仙祠既然是黃色的，便是屬土，那我們是否應該找屬火的建築物？」

桓天樞這時走到他們身邊，說：「黃大仙祠的確是黃色的，但黃初平仙人外號赤松子，所以屬火。他以自己的火，生化善信的土，所以廟祠才是黃色的。」

小保恍然說：「那我們應在右邊找屬木的建築……」然後和王天璇異口同聲地說：「經堂！」

桓天樞笑說：「果然是天生一對！」

這時天色太黑，看不見王天璇的反應，只見她已一溜煙地向著經堂走了。

小保跟桓天樞道了聲謝，立即也跟了過去。

黃大仙赤松黃仙祠

水火

　　小保和王天璇躡手躡腳地走進經堂，只見四邊是高大紅色木柱，堂內書卷氣味撲鼻而來，果然是一個屬木的地方。

　　他們看了看一個又一個的大書架，放滿了儒釋道三家的經典，以及黃大仙乩示的《驚迷夢》和《醒世要言》等經書。問題是，這經堂說大不大說小不小，總不能把每一塊地板都翻開看看有沒有鑰匙。

　　小保走了一圈，對王天璇說：「我們進門時，左右兩邊有個橫亙的大書架，第二排左邊有一個大的，右排有兩個小的，最後靠牆的一排則是一個長書架。這有沒有讓你想起什麼？」

　　王天璇想了想，說：「我記得辛老師說過，乾為天、坤為地、坎為水、離為火、艮為山、兌為澤、巽為風、震為雷。其中，乾兌屬金，震巽屬木，艮坤則屬土，加上離火與坎水，全都有五行屬性。」

　　小保拿出辛開陽給他的八卦圖，然後說：「既然經堂屬木，那便該是震或巽。若這裡是巽卦，我們便要將第二排的三個書架連成一線；但若這裡是震卦，那便只需要推一推右排的小書架，讓它們連起來。」

王天璇點頭說：「既然黃初平仙人第一次乩示的書叫《驚迷夢》，那代表雷的『震』卦是否更像是答案？」

　　小保同意，於是兩人合力把右排的一個書架推向另一個書架，讓它們連在一起。書架雖大，但出奇地容易推動，看來地上似有軌道。

　　書架推開後，有塊木板在地上，明顯能夠被打開。小保把它揭開後，竟然出現了一個印章。

　　他們步出經堂，在月光下仔細地審視。那印章是一塊黃色的玉，印面只雕了上下兩個符號，共九畫。小保只猜到下面的那個是「火」字。王天璇告訴他，上面的那個五畫像流水的，是篆書的「水」。雖然這不是鑰匙，但小保知道他們沒有找錯，因為屬土的黃玉必然是以屬木的經書剞製著。

黃大仙祠經堂

桓天樞這時正在門外等他們，看見他們手持黃玉，欣喜道：「好小子，竟能半天集齊所有鑰匙。你手裡的是壽山石中上乘的田黃石，可謂無價之寶，古時有『一兩田黃三兩金』的說法。甚至咸豐帝臨死時送給皇后慈禧的，亦是一塊田黃御璽。」

小保懊惱地說：「但這一塊並不是鑰匙，我們是否白忙了一場？」

桓天樞神秘地笑說：「鑰匙是用來開鎖的，但鎖未必只靠鑰匙，有時還需要密碼。」

小保一邊收好田黃印章，一邊說：「原來如此。那我們下一步是否去找紫微壇呢？」

桓天樞嘆了口氣，說：「老實說，我們也不知道紫微壇在哪。不過，我們相信你的多瑪老師與某些聖三一堂的教徒可能知道，所以接下來就要靠你自己了。」

王天璇向著小保甜甜一笑，說：「當然我也會幫你的。」

小保說：「也全靠你的幫助，我現在學懂什麼是『山、醫、命、相、卜』了。」

王天璇笑著道：「現在小保是真正的五術大師了！」

這時有個黑衣漢子走過來，在桓天樞耳邊說了兩句。桓天樞勃然色變，立即跑向黃大仙祠大閘。小保與王天璇見狀亦立刻跟著出去。

祠外的一遍空地上，站著了一群丐幫的人馬，個個拿著長長的手杖，在黑夜中看來，粗略估計有 20 多人。

七杆長老劉化子站在最前面，拱手對桓天樞說：「桓

老大，我們並不想傷害任何人，只要你讓你後面那位小兄弟把紫微壇的鑰匙交出來，我們便立即退下。」

桓天樞不怒反笑，打了個哈哈，說：「江湖最重道義。想當初你們從北方來到香港，身無分文，若不是我幫把工作分給你們，你們連飯都吃不上。現在竟然忘恩負義？」

劉化子說：「桓老大，不敢、不敢。只是此事牽涉到宮廷秘密。你也知道我幫不少兄弟來自滿清八旗皇族，所以早就在皇室之中聽說過這裡有個能讓人長生不老的秘密，只是我們無法靠著坊間流傳的排龍訣找到紫微壇罷了。我們明查暗訪後，知道你與神算子辛老師都是守護人，我們才決定為你們做打手，好能探聽紫微壇的位置。」

這時桓天樞身邊的黑衣漢子已挬起衣袖想上前，對方身後的丐幫徒眾亦一起把手扙指向前。桓天樞舉手示意等一下，讓他說完。

劉化子繼續說道：「其實在辛老師叫我們跟蹤多瑪那英國鬼時，我們便已得知真的排龍訣，但無法在這幾個吉位找到紫微壇。所以只能派人監視這五間廟宇。後來見小保得你們幫助，來到一個又一個吉位，我們才理解這些吉位不是紫微壇，而是鑰匙的位置。

「因此，我們決定等到小保得到最後一支鑰匙後才現身問他要。桓老大，我看你只有兩位兄弟在這裡，和我們動手肯定沒有勝算，不如叫小保盡快把鑰匙交出來，我保證沒有人會受傷，也不枉我們賓主一場。」

桓天樞正想回答，小保卻突然衝了上前，咬著牙問：

「多瑪老師是你殺的？」

劉化子若無其事地說：「那不怪我，我們已很有禮貌地問他紫微壇在哪兒，他卻一直口硬。而他拿著那張排龍訣，讀了整晚都讀不懂，卻仍然不肯給我們，我們只好用更有效的方法，給他舒舒筋、活活絡。怎料讀書人弱不禁風，最後一命嗚呼，卻是始料未及。」

小保瞋目裂眥，也沒有評估情況，便一記猛虎下山，左爪爪向劉化子的右臂，右爪爪向長老的咽喉，完全是拚死要取對方性命的樣子。

正所謂盲拳打死老師父，劉化子見狀唯有疾退。在旁的蜚廉立即補上接招。這時小保才覺得自己可能衝動了，想起早些時在銀行前，黃天機要出動奇門遁甲才能把這幫人擊退，而自己現在卻把桓哥和王天璇都拖進危險中。

儘管小保在發愁，但他也知道蜚廉的厲害，一點都不敢鬆懈，使出渾身解數，一招白馬獻蹄向左橫踢，腿還未收回來，便又單虎出洞，爪向敵人的面。一招接一招，毫不鬆懈。蜚廉看似一時間奈何不了他，只是不斷使出攬雀尾，一邊用掤勁擋他的爪攻，一邊用採勁卸開他的腿攻。

畢竟太極偏重內功，看起來好像很被動，但行家如桓天樞就知道小保支持不了多久，敵人只是想耗掉他的體力，好把鑰匙弄到手。所以桓天樞並沒等他們分出勝負，便發出一聲嘹亮的長嘯，黃大仙祠四面立即冒出了大量的黑衣漢子，團團圍住了丐幫的人。

桓天樞身邊同時出現了一個熟識的人，竟然是黃天

璣！桓天樞笑笑向黃天璣說：「看來洪搖光的徒弟已經滿師了耶！」

黃天璣笑說：「他手腳上的功夫得到洪搖光的真傳，還是挺厲害的，做人嘛，仍是衝動了些。」問桓天樞：「是不是先讓你的兄弟鬆鬆筋骨？」

桓天樞笑答：「那當然，雖然寨城不遠，但還是勞動了他們半夜走過來，不能裝裝樣子便回去睡覺吧？總得要讓他們伸展伸展。」

眨眼間，那群黑衣漢子已和那些丐幫徒眾短兵相接，黑暗中也看不清楚他們用什麼派別的功夫，只知道這純粹是互毆，叱喝與慘叫聲不斷。

這廂小保已中了蜚廉兩掌，吐出了一口血。桓天樞和黃天璣於是立即加入，與蜚廉對戰起來。小保這時已抽身出來，圍顧四周，只想著尋找劉化子報仇。

劉化子這時已退到黃大仙祠大閘旁。好像打算逃走。小保雖然受了傷，但一想起他應該就是殺死自己老師的仇人，不禁血氣上湧，飛撲過去，一躍而前，大喝：「劉化子，你別走！」

話聲未落，他的拳風已吹起了劉化子腦杓子的長髮。大家本以為七杆長老應該是最厲害的，然而劉化子在格擋小保時卻明顯手足無力，還一直在咳嗽，顯得左支右絀，似乎撐不了多久。

桓天樞本來有點擔心小保，本想過去保護他，不過看見這情況，笑著跟黃天璣說：「看來這位大言不慚的老伯在我那裡吸了太多大煙。」

黃天璣說：「桓天樞，要不要在小保給他致命一擊之前阻止他？不如你來吧，這邊我能應付。」一邊說，一邊加緊接下蚩廉的攻擊，讓桓天樞過去小保那邊。

　　劉化子這時已毫無還擊能力地躺在地上，只是一手抱著頭一手護著胸地任由小保一拳一拳的搗在他身上，嘴角滿是血。

　　至於跪在旁邊的小保，則早已淚流滿臉、汗流浹背，卻仍是沒有要停下的跡象。

　　劉化子用微弱的聲音喃喃地說：「饒我一命……饒我一命……，我可以告訴你紫……紫微壇在哪……。」

　　就在小保準備打出下一拳時，桓天樞一手捉著了小保的手臂，說：「小保，夠了。」

　　小保一時反應不過來，轉身用另一隻手一拳打向桓天樞。桓天樞閃電地接著他另一拳，小保兩隻手立即像被鐵手扣鎖住了一樣，小保這時才慢慢清醒過來。

　　小保看著桓天樞，終於知道他是誰，悲泣道：「桓天樞！」

　　桓天樞點點頭，說：「小保，我明白，但我不想你搞出人命。這凶手還是留給朱探長處置吧，他自會受到應有的懲罰。」

　　然後把小保交了給王天璇，自己回頭問那撿回一條命的長老：「我已救了你，現在告訴我們紫微壇在哪？」

　　劉化子吃力地說：「在……在……聖三一堂……地底……。」

　　就在這時，氣脈悠長的蚩廉已把黃天璣打得毫無招

架能力，蜚廉一招野馬分鬃把黃天璣硬生生架開，飛奔過來救劉化子，一下肘底捶逕自擊向小保胸口。蜚廉這一下捶運足了氣，若能結實地打下去，小保不死也得臥床半年。

蜚廉打的雖然是太極拳，出手速度卻驚人地快，桓天樞也一時反應不過來！幸好王天璇這時亦已趕到。王天璇的詠春一向以快見稱，雙眼只看敵人肩膀的擺動便反射性出招，所以拳頭總比別人快半秒到位。

她閃電般使出膀手、攤手、日字衝拳，不但撥開了蜚廉的肘底捶，還在擊中蜚廉的胸口三下！不過王天璇始終是女子，氣力不大，否則蜚廉早已吐血！

蜚廉唯有撇下小保，轉向攻擊王天璇。只見他含胸拔背，雙臂左右揮舞，劃出一個又一個垂直和水平的圓環，虛中有實，實中有虛，把一套太極拳打到了出神入化的境界。桓天樞這時已回過神來，加入王天璇，一起對戰蜚廉。

小保驚魂甫定，看見黃天璣亦在不遠處和其他丐幫弟子纏鬥起來，明顯露出疲態，正評估要幫那一邊，忽然川島芳子出現在他身旁，拉著他離開。小保正想抗拒時，川島芳子卻在他耳邊說了一句：「若想要多瑪的相機，便跟我來。」也不等他回答，便硬生生地從戰場上拖走了他。

相機

　　川島芳子從辛開陽的家開始，便一直暗中跟蹤小保他們，又見他們正一步一步地完成鑰匙零件的收集與組裝，所以不敢打草驚蛇。怎料就在他們要完成鑰匙時，丐幫的人卻憑空冒出來。一來，她不知道丐幫能否戰勝寨城的人；二來，她也不肯定丐幫是效忠「北斗」還是「黑龍幫」，所以決定兵行險著，帶走小保，希望能在他不留神的時候偷走鑰匙。因此，川島芳子一直拖著他向西南方向跑，一步也不敢停下來。

　　小保被蚩廉打了兩掌，再加上打劉化子時動了真氣，到現在才把氣緩過來，手腳仍有點發軟，只能吃力地說：「壁輝，妳這是幹嘛？妳要帶我去哪裡？」

　　川島芳子甜甜一笑，帶點憨態向他說：「我也要和你約會！」

　　小保呆了一呆，說：「什麼約會？」

　　川島芳子裝作不依說：「看著你和別人拖著手走遍九龍大街小巷，我心裡很不是味兒！我不管，現在人家救了你，你要陪我四處逛來報答我！」

　　小保使勁甩開了她的手，帶點惱怒說：「壁輝，我現在有要事在身，剛才我的朋友正在生死搏鬥，我現在

實在沒有心情和時間跟妳談兒女私情。」不過，他實在傷得不輕，甩了兩下也甩不開。

川島芳子面上滿是受傷的表情：「上次在茶莊，你丟下我一個人後，我老是想起你，結果只好什麼也不做，專心幫你找你老師的相機。現在找到了，你不但不多謝我，還對我這樣凶惡⋯⋯。」說罷，竟然留下淚來！

小保倒被她說得有點內疚，帶點歉意地說：「對不起，只是剛才我實在不應該丟下我的朋友跟妳走。」

川島芳子說：「你是不捨得你的朋友，還是你的小情人？」

小保被她說得尷尬起來：「天璇不是我的小情人！」

川島芳子破涕為笑說：「那我是不是有機會成為你的情人了？」

小保翻了個白眼，說：「現在真的不是談兒女私情的時候。妳說已經找到老師的相機，現在能交給我嗎？」

川島芳子嬌嗲地說：「當然可以，但你要一直拖著我走，就好像你和別人一樣⋯⋯可以嗎？」說罷也不等小保回答，不單親暱地拖著他的手，另一隻手也捉著他的手臂，完全是黏著不放的姿態。

小保沒有辦法，只好由得她黏著自己，跟她一起向西南走去，心裡盤算著如何告訴王天璇自己被拖走了。低頭再看川島芳子，只見她眼神迷濛，臉泛紅暈，似乎是真的動了情，自己亦不禁心跳加速起來。

小保心想：「我不能這樣，明明喜歡天璇，卻因為有人投懷送抱，便見異思遷。」於是立定心意，拿到相

機便回去找王天璇他們。

　　既然決定了跟川島芳子走，小保便不再反抗，反而對川島芳子好奇起來。

　　小保問道：「璧輝，妳之前說，妳和丐幫都是愛國分子，但妳是如何認識他們，並且開始合作的呢？」

　　川島芳子見小保不再抗拒和自己一起，不禁喜上眉梢，答道：「我本來是清朝的公主，是肅親王的女兒，也是父王最喜愛的女兒。不過父王當時覺得國家開始衰落，鄰國日本卻越來越強大，所以在我七歲那年，把我交給我的義父，希望我能透過學習日本的文化，重新復興我國。」

　　小保恍然：「難怪妳並不太像中國人，原來妳在日本長大。那是不是也能說日文？」

　　川島芳子一邊拖著小保走，一邊輕聲說：「那當然，不過除了日文，義父也信守對父王的承諾，教曉我政治、軍事等等知識。」

　　小保問道：「那為什麼又回到這裡呢？」

　　川島芳子面色忽然一黯，好像有難言之隱，沉默一會，小保也沒有追問。川島芳子最後說：「那是因為我加入了『黑龍會』，被派來中國協助孫中山先生實現『驅除韃虜，恢復中華』的大業。」

　　小保誠懇地說：「想不到妳那麼年輕，便已經參與國家大事，我昨天還只是一個普通的漁民呢！」

　　川島芳子面色一紅，說：「其實我也只是跟隨組織的指示，現在倒是因禍得福，能夠認識你。我想，我已

經情不自禁地愛上你了。小保，你喜歡我嗎？」

小保一時間受寵若驚，心想：「莫非在日本長大的女孩子都是那麼直接的嗎？」雖然他沒有戀愛的經驗，但是也知道如果直接拒絕她，告訴她自己心有所屬，她可能會很傷心，所以心裡正琢磨著應該如何回答她。

怎料，川島芳子好像下了很大決心似的，忽然冷冷地說：「不過我並不值得你愛我，你還是和你的天璇一起吧。」

小保十分詫異，想不明白她為什麼態度轉變得那麼快，由一個極端，變成另一個極端？剛剛還是溫情軟語，瞬間又變得冷若冰霜。他還未來得及回答，川島芳子有點顧影自憐地嘆了口氣，說：「就算找到真命天子又如何？我早是個破爛污穢的女人。」

川島芳子想起自己年紀少少便要離開自己的父母，離開溫暖的宮廷，離開熟悉的國家，去到一個完全陌生的國度。初時言語又不通，思念故鄉的時候，亦沒有人會安慰她，只能努力讓自己變強，希望得到義父的肯定與讚賞。可恨義父欣賞的，並不是她的努力，而是她青春的胴體……。

小保入世未深，不會想到川島芳子有著悲慘的過去，這時看見川島芳子竟然淚流滿面，立即慌了手腳，不知要如何安慰她。幸好不用半小時，他們便已走到觀音廟。川島芳子也沒有再和他說話，只揮手示意他在坐在一旁，便逕自走入祭壇旁的小門，把相機拿出來。

小保雙手珍而重之地接過相機，看見上面還有幾滴血漬，心中不禁悲痛莫名。

川島芳子這時卻又拿出一疊照片，跟小保說：「我猜你不懂沖印照片吧？所以我已幫你把相機內的膠卷沖印出來了。你要不要看？如果你不看，我以後就是你的人；如果你看，那我們就再做不成朋友了。」

小保茫然地看著川島芳子手裡的照片，不明白為什麼取回照片就必須割席絕交。不過這也不是一個很難做的決定，他和川島芳子也不是認識了很久，又怎能和他老師的遺物相比呢？所以他把相機掛好在頸項上，對川島芳子伸出了手，向她索取照片。

川島芳子嘴唇輕輕顫動了一下，卻還是把照片交給了他。

小保見川島芳子煞有介事的樣子，忍不住立即翻看這些照片。照片上不外乎水上學校的一些學生生活照，直到最後幾幀，卻分別是一些石碑、一間教堂和幾個人的照片。

小保看出那間教堂，應該就是馬頭涌的聖三一堂。至於那幾個人，仔細地看，卻是滿面獰笑的蜚廉，站在一旁的劉化子，以及站在後面微笑的……川島芳子！

小保忽然一切都明白了：這是他老師臨死前拍的照片，川島芳子和丐幫一樣是殺他老師的凶手！

小保抬頭看著川島芳子，川島芳子早已滿面淚痕，帶著歉意地看著他。小保這時感到一股怒氣從丹田湧上來，拳頭自然握緊，卻突然覺得肩頸一下劇痛，然後便昏了過去。

祭師

　　聖三一堂的大門已經貼了封條，門外有個木牌，寫著「內部維修」。

　　門外疏疏落落地有幾個丐兒躺臥在地上，也不見得會有人走過施捨給他們。整條街充滿了肅殺冷清的氛圍。

　　教堂內則剛好相反，人潮洶湧，顯得熱鬧非常。教徒坐的長椅現在坐滿了丐幫的徒眾，大家都在交頭接耳；詩歌班的位置赫然坐著川島芳子和兩個似是她手下的日本男人，神情肅穆。整個教堂的蠟燭都被燃亮了，提升了教堂的溫度，加強了大家的期盼，難怪人人都汗流浹背。

　　中央的祭壇上一般會鋪上一塊白色的祭台布，象徵聖祭禮儀的神聖；今天竟然換上了一塊黃布，上面用硃砂密密麻麻地寫上了字，似是一些古老的符咒。黃布上面躺著一個身穿白袍的少女，在明亮的燭光下，全身白皙的皮膚被映照得天使般不真實。少女雙手與雙腳都被綁在祭台上，雙目緊閉，像睡著了一樣。

　　教堂中央的走道上，放了一具棺木。棺木上面並沒有蓋子，讓人清楚地看見躺在裡面的，就是把中國從幾千年的封建制度中解放出來的國父孫中山。他的屍體可

能被做了一些防腐的處理，隱隱泛著不自然的藍光。

這時祭台後面忽然間走出了一個身長七尺的結實男子。他背負著一把桃木劍，手上拿著七星燈，徐徐步向孫中山的棺槨。

他先溫柔地把孫中山的身體翻成側臥，再小心翼翼地把七星燈放在孫中山膻中、天目、泥丸、夾脊、命門、丹田和海底等七個穴道上。

這時，小保終於悠悠醒轉。他用了兩秒時間，終於記起自己為什麼會昏迷。環顧一下四周，發現自己正被綁在教堂後方的一條柱子上，不遠處有兩個丐幫的弟子看守著，只是他們的眼睛現在都正看著祭台上的女子。小保定睛一看，雖然距離遙遠，但還是立即認出祭台上的，正是王天璇！

小保雖然焦急萬分，卻不敢聲張，只好努力地想掙脫綁著自己的麻繩。

這時候，那個七尺高的男子已放好七星燈，抬頭走回祭台。男子背著光也背著小保，所以一時之間看不真切他是誰。直到他走到祭台後，轉身望向大家時，小保才駭然發現他竟然是……九叔！

只見他這時面向座無虛席的教堂內的丐幫幫眾和川島芳子等人，朗聲說：「中華民族五千年，一直有生活在封建制度下，受著一家一姓的壓迫，直到我們偉大的國父孫中山先生，帶令我們推翻暴君，還政於民。可惜神州大地依然充斥著野心家，分裂我們的祖國，西方列強亦虎視眈眈，霸佔我們的土地。正所謂唇寒齒亡，我們黑龍會雖然來自日本，卻絕不會坐視中國衰敗下去。」

他頓了一頓，又說：「孟子說過，五百年必有聖人出，五百年前我們有王陽明，五百年後的今天，我們有孫先生。因此，我會竭盡全力幫助他成立同盟會，驅逐昏君，建立新中國。」

他揮手指著面前的棺槨，接著說：「他現在雖然躺在我們面前，但並不是要離開我們，而是要休息一下。可惜人民正在水深火熱中，我們不能讓他休息太久。時候到了，就讓我們現在把他喚醒吧！」語音剛落，整個教堂的人群便已歡呼起來，大聲叫好。

九叔從小看著小保長大，小保記得九叔一向也沉默寡言、不苟言笑，亦很少和其他叔父談話。九叔沒有家人、沒有結婚，也沒有孩子，他總是一個人躲在舢舨中。九叔擁有高超的捕魚技巧，但一直也只是默默地在老舊的舢舨上捕魚，在避風塘中從不引起他人的注意。九叔以捕魚為掩護，以低調隱匿了他真實的身分。

誰又會聯想到九叔竟然是黑龍會的人呢？小保回想整件事情的始末，他記起自己發現老師屍體之後，當聽見有其他人的腳步聲時，小保立即跳到附近駛過的駁船上，而船上的正是九叔。小保不知道九叔的船只是剛巧出現在附近，還是一直在附近監視丐幫在老師船上的行動，再報告黑龍會。那個有關「傻兮兮的小子」的情報，想必也是他發出去的。

小保心想：「當我跳進九叔的船時，毫無防範，若果九叔要把我滅口，我一定會逃不掉！他肯定是想利用我找出『北斗』成員或紫微壇的鑰匙，才留下我一命。」

九叔這時正磨刀霍霍，口中念念有詞，旁邊有兩個

助手正在幫他洗滌不同的用具。適應了教堂內璀璨的燭光後，小保終於看見孫中山的棺槨。他忽然明白了正在發生什麼事。這裡肯定是紫微壇所在地聖三一堂，而這些日本人和丐幫一直跟蹤他們，就是為了要復活孫中山。

那麼為什麼把王天璇綁在祭台上呢？莫非要一命換一命？無論如何，當一個人被綁在祭台上作祭品時，就必然是有生命危險。

小保急得滿頭大汗，苦於無法掙脫綁著手腳的繩索。他不用看也知道，這些結是漁民常用的漁夫結，越是拉扯越是牢固，應該是九叔親自結的。

正當小保無計可施時，耳畔忽然傳來一把聲音：「小保，我是奧斯定，多瑪是我以前的恩師。我是來救你的，請你先別作聲。」

儀式

　　小保被解下來後，回頭一看，見到一個丐兒打扮的男人站在自己身後，蓬頭垢面，身披斗篷，正低頭把用來割斷繩索的小刀收好。等他抬頭看小保時，小保才發現他是英國人，有一雙漂亮的藍眼睛。

　　小保在他收刀時，亦發現他斗篷內的是警察制服。所以雖然奧斯定救了他，但小保並不肯定是否能相信他。也許他是港督派來調查紫微壇的特務？他越來越不知道誰是好人、誰是壞人。

　　然而，現在當務之急，只要把王天璇救下來，因為他聽到九叔開始大聲念咒語，而整個教堂的人都已經靜下來。

　　小保聽到九叔念的東西，並不像一般的道士，什麼「急急如律令」等，而是不斷重複一些沒有意義的音節。他不禁自言自語說：「九叔究竟在念什麼？」

　　奧斯定也和小保一起在看著祭台。這時忽然說：「我知道這是什麼。這與猶太秘術『卡巴拉』（Kabbalah）相似。」

　　小保瞪大了眼睛，輕聲說：「猶太秘術？九叔竟然懂猶太秘術？」

奧斯定說：「我猜是日本人教他的。『卡巴拉』是傳承的意思，指的是傳了一千年的一套思想與法術，載於一本叫《創世之書》的古籍裡。猶太『卡巴拉』主義者相信，原祖父母在伊甸園裡看見的兩棵樹，一棵是知善惡樹，另一棵則是生命樹。」

　　小保說：「我知道，我有讀《聖經》的，他們是結禁果的樹，《創世紀》二章九節。」

　　奧斯定說：「對的。據說，吃了生命樹的果子便可以像神一樣得到永生。一千年前的猶太人發現了生命樹其實並不是一棵樹，而是連拉神的能量與物質世界的介面，中間有十條渠道，稱為『質點』。」

　　小保急道：「奧斯定，我們現在救人要緊，你能否長話短說？」

　　奧斯定連連點頭，說：「是的，是的，對不起。長話短說。傳說中，學得『卡巴拉』秘法的人能用五音，即喉音、齒音、顎音、舌音、唇音等組合，去激發不同的質點，讓神的生命力量流溢到一個泥偶之中，讓泥偶變成一個能服務施法者的『魔像』。我相信前面這個男人也正在做相同的事，只不過他不是用泥偶，而是用屍體。我猜他們是想復活孫中山的肉體，作為他們的傀儡！」

　　這時有另一把熟悉的聲音在旁邊響起：「喉音、齒音、顎音、舌音、唇音等五音，在中國被稱為宮、商、角、徵、羽，分別屬土、金、木、火、水。〈律曆志〉說：『角為木，五常為仁，五事為貌。商為金為義為言，徵為火為禮為視，羽為水為智為聽，宮為土為信為思。』」

小保聞言立即回頭一望，大喜道：「辛老師！」只見辛開陽後面還站著他師父洪搖光、探長朱玉衡和主任湯天權，大家都作丐幫打扮，用破布敗絮把自己覆蓋。小保忍不住問道：「桓天樞大哥和黃天璣大班呢？」

洪搖光說：「小保，還記得黃大仙祠的一役，在你被人帶走後，天樞和天璣本已把蚩廉打敗，與劉化子一起落入我們手裡。怎料有個高手忽然出現，迅速把他們倆打到重傷，還擄走了天璇。我們一收到消息，便立即趕過來。」

朱玉衡遙指九叔說：「那個高手正是現在站在祭台後的祭師，我的伙計一直跟蹤他到這裡。」

湯天權說：「小保，這裡就是我們拚命守護的紫微壇的所在地了。讓敵人找到這裡，是幾百年來的第一次，所以我們不容有失，不能讓世代守護的秘密就這樣落入這些人手裡。」

這時的九叔進入了出神的狀態，翻起了白眼，開始將五音不斷組合，吟誦「姑磨打於痴、痴姑磨打於、於痴姑磨打……」等 25 組咒語，接著又換成另外五個音的 25 組，此時日已當空，快到午時，教堂越來越多人進入，把所有通道都擠滿了，溫度亦越來越高。

奧斯定說：「這樣吧，我在教堂的大門放火，引起騷動，大家的注意力必然被吸引過來，你們就趁那時把王小姐救走吧。」

小保感激地看了他一眼，然後朝大家點點頭，便帶頭擠向前，一步一步地靠近祭壇。洪搖光武功亦較高，所以緊跟在小保之後。辛開陽年事已高，但雙手插在手

袖裡，似乎藏著武器。湯天權是個教書先生，手上拿著鐵筆。至於朱玉衡練的卻是醉拳，只見他拿出烈酒來喝了一大口，自動負責殿後。

大家都知道，權天樞和黃天璣並不是省油的燈，如果他們一起也打不過九叔，九叔的武功必然超乎想像，再加上四方八面都是丐幫的弟子，所以大家都嚴陣以待。

當小保還差三步才到祭壇的時候，九叔忽然拿起一把一尺長的匕首，割開王天璇綁在祭台兩旁的手腕，鮮血立即湧出，落在地上早已準備好金杯裡。王天璇眉頭好像微微皺了一下，有淚珠在眼角流了下來，但雙眼依然緊閉，可能被人下了藥，無法動彈。

就在這一刻，時鐘剛好指向上午 11 時，亦即午時。天空忽然雷電大作，太陽竟然憑空消失了！太陽不見了之後，圓形的黑影外圍著微微的光。這時，大家才意識到這是日全蝕，那圍著黑影的光就是「日冕」。

小保大叫了一聲：「天璇！」便不顧一切，飛撲向祭壇。

洪搖光怕他魯莽出事，亦如影隨形地跟著撲過去，左拳變爪擒拿九叔的右臂，右拳變爪向對方咽喉叉過去，右腳點一點地，並準備下一招烏龍擺尾，旋出左腳踢過去。

九叔卻鬼魅一般移向祭壇的另一邊，動作快到肉眼看不清的地步。他的匕首已高舉，對準了王天璇的心臟。由於九叔動作太快，小保撲了個空，洪搖光運足勁的雙臂亦打了在空氣裡，胸口氣血翻騰，難受得要命，下一招也無以為繼。

小保呆望著九叔手裡的匕首，以及懸浮在空中的匕首，胸口一陣抽搐，腦袋一片空白。然後，整個世界都崩塌了，他無法接受眼前所發生的一切，內心的悲痛難以言喻。他的手顫抖著，緊緊握住拳頭，呼吸急促，感到天旋地轉，突然身體竟軟弱無力地倒下來。他掙扎著爬起來，但卻撐不起來。他的淚水失控地從眼眶中湧出，滴落在地上。

小保看著王天璇的蒼白的面容，回憶起她在八音館獻唱的光景，想起他多年來為王天璇撥扇，又想起他們昨天互相認識後一起度過了的美好時光。如今，這一切都會戛然而止，王天璇將成為祭品。小保不明白，為什麼他們的故事要以如此悲慘的方式結束。小保跪倒在地，感到無法承受，寧願要死去的是自己。

就在電光火石之間，祭台那邊忽然傳來一連串的叮叮噹噹聲，卻原來是辛開陽從袖中放出的暗器。古時暗器分成「手擲」、「索繫」、「機射」及「藥噴」等四類，辛開陽先射出三支脫手鏢，分別取九叔眼角的睛明穴、胸口的膻中穴和腹部的商曲穴，都是人體三十六個死穴之一；然後再發出帶索的飛鐃，把匕首纏著拉開。

怎料三支脫手鏢在擊中九叔後，竟像擊中一道鐵牆一樣，自動落下。九叔依然在出神的狀態，卻刀槍不入。他右手猛地舉起，透開繫著飛鐃的繩索，把辛開陽整個人甩開五米遠，身體撞在柱子上，發出骨折的聲音。辛開陽在地上吐了一大口血，便昏了過去。

雖然暗器對九叔一點作用都沒有，但所發出的叮叮噹噹聲，卻好像對九叔的出神狀態有影響，為他們爭取

了寶貴的幾秒鐘。洪搖光這時已三步併作兩步飛奔到九叔身後，右拳成鳳眼，打向九叔太陽穴；左掌成手刀，直插九叔的右肋。同一時間，朱玉衡亦已出現九叔面前，「膝兒起、腳兒勾」，打的竟是醉八仙！他一掌切向九叔拿著匕首的右手手腕，手肘卻透過身體的旋轉，擊向九叔的左胸。

洪搖光左掌右拳結結實實地打在九叔的背上，他卻好像一點感覺都沒有。九叔一揮手便甩開了匕首上的飛鐃，一側身便又避過了朱玉衡的一掌一肘。

朱玉衡立即又再旋轉身體，雙手改作雙手刀，由上而下，打向他的腰眼，大喝了一聲：「來嚐嚐呂洞賓的石壓山巔！」

可惜朱玉衡的雙手刀也像蜻蜓撼柱一樣，對九叔毫無影響。九叔完全不理洪搖光和朱玉衡的拳打腳踢，繼續準備下刀，刺向王天璇的胸口。

由於大家動作太快，坐在前面的丐幫幫眾還未能夠反應過來，教堂的後面卻騷動起來。奧斯定放的火已開始熊熊燃燒著，丐幫幫眾像盲頭烏蠅般四處逃生，互相踐踏，加上濃煙，情況非常混亂。

很快便有人把玻璃窗打破，爭相爬出教堂。

小保正好看見窗外的天空有個圓形的黑影，黑影的東邊突然出現了一弧像鑽石般的光芒，那光芒只出現不到半秒便消失，然後太陽的邊緣出來了。那悅目的天文現象，就是所謂的「日食鑽石環」，只出現了半秒，卻令人感到極度震撼，儼於壯麗天地之間。

這令小保突然閃過一個想法，死亡雖然是一種完全

的黑暗，就像日蝕一樣，但是人死之後，卻會像「日蝕鑽石環」一樣，能夠閃著光芒進入永生！小保暫時放下了對生死的執著，重新振作，加入戰團。

看到師父洪搖光和師叔朱玉衡一點也奈何不了九叔，小保決定將生死置之度外，就在九叔向王天璇的胸口下刀之時，小保伸出雙手擋在中間，匕首剛好穿過了他的掌心，鮮血立即流出，把王天璇的白袍都染紅了。

湯天權知道九叔練的，是茅山神功。東漢末年，張道陵在四川創立五斗米道，教徒尊張道陵為天師，後世稱正一道，與東方的太平道、北方的全真道皆為道教正宗，能畫符治病、驅邪逐妖，甚至刀槍不入、撒豆成兵。能修練到這個地步，九叔沒有十壇也有九壇的功力。

湯天權雖然是個教書先生，但已把勾、摟、採、掛等螳螂拳法融入了他的鐵筆，專打人身上的大穴，武功本來不差。不過經過剛才的觀察，他自問不會是九叔的對手，卻讓他發現了九叔的弱點。

因此，他立即逆著人流，走向教堂大門，不停地用鐵筆敲向門邊的大銅鐘。霎時間，教堂充滿了暮鼓晨鐘的聲音。在敲到第三下的時候，九叔雙眼的瞳孔忽然再次出現，並怒目望向圍著他的洪搖光、朱玉衡和小保。

九叔咆哮著說：「你污染了『巨門』的血！」說罷便用左掌一掌打向小保。

小保的左手仍被他的匕首插著，痛徹心扉，一時間也避不開這一掌，只能閉起眼睛等待這致命一擊。洪搖光見狀，為了救自己的愛徒，不顧一切地雙手抱著九叔的左手手臂。

朱玉衡亦死命拉開九叔拿匕首的右手手臂，讓小保把手抽走。湯天權則被人潮擋著，困在濃煙裡，伸手不見五指，漸漸覺得呼吸困難，卻仍不住地敲著銅鐘。

　　自從鐘聲破了九叔的神功後，他似乎不再刀傷不入，但仍然力大無窮。加上他對於有人破壞他的儀式，異常憤怒，所以大家一時之間亦無法制服他。

　　就在這個時候，一支木杖忽然橫空飛過來，分毫不差地擊中了九叔的膻中穴。由於九叔雙手受制，中門大開，所以無法擋格，結果立即受傷。他眼冒金星，血氣翻騰，一雙怒目轉向人群中，尋找攻擊他的人。

　　一個穿勁服的女子，在日本人的座位上跳出來，擋了在小保面前。

　　小保脫口而出：「璧輝？」

犧牲

　　川島芳子並沒有答話，或者應該說，還未有機會答話。她一手接著反彈回來的木杖，立即傾盡全力使出「大太刀之亂合」，在九叔面前幻化出千百道杖影，頭也不回地大喝：「小保，快逃！」

　　丐幫在觀音廟幫她打量小保後，本想殺掉他埋掉，反正他已經在沒有利用價值，是川島芳子極力阻止他們，認為他可能是進入紫微壇的關鍵，因為說到底他也是「北斗」開陽的繼承人。好不容易才把他的命留下，他卻又傻兮兮地跑出來挑戰九叔。

　　九叔比川島芳子更早加入黑龍會，屬元老級，武功在會內數一數二，再加上刀槍不入的茅山神功，小保能全身而退的機會是零。她雖然很喜歡小保，卻不能貿然背叛黑龍會，亦不覺得自己能打敗九叔。

　　直到九叔的匕首穿透了小保的手掌，鮮血四濺，她的心便好像被撕裂了一樣。也許她並不是替小保感到肉體上的痛，而是妒忌王天璇有小保為她犧牲生命的心痛。

　　在她短短十多年的生命裡，從未有人如此著緊自己，更不要說犧牲生命了。黑龍會是她唯一的歸宿，卻毫無疑問可以在關鍵的時刻犧牲她。就算那個養大她的

禽獸義父，無論有多喜歡她的肉體，在生死關頭也未必會救自己。不過她的妒忌很快便被對小保的愛蓋過了。相比自己的快樂，她更希望小保得到幸福。這時，她的兩個手下亦從座位上跑到川島芳子身旁，大聲用日文問她在幹什麼？

怎料話音未落，九叔好像狂性大發一樣，連環數拳便把那兩個日本人的天靈蓋轟碎了！川島芳子瞬間連續出了五、六招，左貫、雷打、真進等，才勉強抵擋住九叔快如閃電的拳頭。

不過九叔的拳勁實在太厲害，川島芳子的木杖竟然「啪」的一聲斷成兩截！

洪搖光認得這是山西太谷形意拳裡的五行連環拳。形意拳裡有所謂「工、順、勇、疾、狠、真」等「六方之妙」，而「真」的意思就是讓敵人難於逃脫。因此，在強調快速和突然的形意拳下，要救出小保便只能比他更快，於是立即使出羅漢曬屍，上下雙拳一同擊向九叔。

九叔轉身用雙臂迎上，同時碰上洪搖光的雙腕，再用鑽勁把他彈開，然後幾乎在同一剎那，一掌打向川島芳子的天靈蓋。

川島芳子的木杖已斷，正考慮要不要扔掉，九叔的手掌已到了她前額！在那一刻，她的腦袋變得空白一片，就只浮現了小保俊俏的臉龐。她自知不能活了，也沒有掙扎，閉上眼許了一個遺願，祈求小保能與他所愛的人幸福地生活下去。但為自己愛的人而死，應該是最幸福的死法了。

就在這千鈞一髮之間，大家聽到一聲槍聲，接著九

叔充滿血絲的雙目之間忽然流下血來，然後頹然地向後倒下去。小保回望一下，卻見朱玉衡探長雙手握著他剛開過的手槍。

這時，教堂外亦熱鬧非常。在朱玉衡的事先安排下，好幾隊警察都被派來這裡，把丐幫的徒眾全部帶返警署。消防員仍在努力撲滅教堂的大火，救護人員則把昏倒的辛開陽和呼吸困難的湯天權用擔架抬走。洪搖光見有朱玉衡留下打點，便陪同辛開陽和湯天權一起去醫院，順便亦想看望在黃大仙祠被九叔打傷的桓天樞和黃天璣。

混亂中，川島芳子早已消失無蹤。這次任務雖然以失敗告終，但川島芳子並不特別失望。說到底，如果不是孫中山，滿清便不會被推翻，她便仍是皇室貴冑，不用流落異鄉，受盡凌辱。復活他完全是黑龍會的意思。

現在失去了孫中山，她便可以說服黑龍會全心全意地幫助滿清皇朝復辟。她唯一的遺憾就是無法再和小保走在一起。自古事業和愛情便兩難全，何況是皇族公主？更何況是想復國的皇族公主！

這時小保早已把王天璇解下來，包紮好她的手腕。王天璇亦開始悠悠醒轉。當她看見小保在身旁時，立即情不自禁地緊抱著他。看見他雙手鮮血如注，立即拿出手帕為小保包紮傷口，溫柔地說：「傻小保，你怎能夠如此不愛惜生命？」

小保甜甜地看著王天璇，為了她仍然生存，心裡充滿感激，不斷向著教堂前方的十字架道謝。想到川島芳子不辭而別，小保亦有一點黯然，始終她剛才救了他一命，還沒有機會多謝她。

不過，這和王天璇能生還相比，只是一個微不足道的遺憾。這時，朱玉衡探長手裡拿著紫微壇的鑰匙，走過來交給小保，對他和王天璇說：「我在九叔屍身上找到的。你們既然已經來到這裡，要不要進去紫微壇看看？」

　　小保說：「難道這個祭壇不是紫微壇？」

　　另一把聲音適時響起：「當然不是，否則我們早就擁有永生了。」小保定睛一看，原來是多瑪老師的學生奧斯定。

　　朱玉衡說：「我現在要清空教堂，好能讓特工秘密把孫中山運回北京協和醫院舉行葬禮。你們應該有 30 分鐘時間，可以研究一下如何進入紫微壇。我先失陪了。」

　　小保這時已認得奧斯定，他正是那個把真的排龍訣拿給多瑪老師的英籍警察。小保現在知道老師的死與他無關，所以先禮貌地自我介紹：「我叫小保，是多瑪老師的學生與朋友，而這位則是我的朋友王天璇。我們一直在追查老師的死因，追到來這裡。」

　　奧斯定說：「我知道，多瑪老師經常向我提起你，說你是他最乖巧的學生。」頓了一頓，接著說：「多瑪是我多年前的老師。正確來說，我的命是老師撿回來的。我爸是英國來的軍人，戰後拋棄了我媽和我。我媽是本地人，因為受不住刺激，天天抽大煙，結果死在寨城的後巷裡。如果沒有多瑪老師，我也早就在寨城隨我媽回天家了。」

　　想起恩師，奧斯定和小保都不禁撲簌簌地流下淚來，王天璇只好輕輕拍著小保的背。

小保問道：「排龍訣是不是你交給老師的？」

奧斯定點頭道：「是的，老師叫我做什麼，我都會為他做的。不過，如果我早知道這會要了他的命，我實在不應幫他！」說罷又飲泣起來。

小保拍拍他的肩膀，心裡默默祈禱，希望老師在天之靈安息。

奧斯定冷靜下來後，小保終於決定問他事情的來龍去脈：「老師是如何發現排龍訣的呢？」

奧斯定眼看著祭壇上的十字架，緩緩說道：「老師一直醉心中國文化，這也是他當年請纓來華傳教的原因。後來顧啟德先生在這裡興建這所教堂時，發現了一個秘密，在教會內掀起了熱烈的討論。當時多瑪也以中國國學專家的身分被邀請參加討論，從而得知了這個秘密。」

小保想起湯天權主任跟他說過這個歷史，點點頭說：「老師因而知道了排龍訣是有關永生的秘密。」

奧斯定答說：「是的，不過，顧先生發現的不只是一首口訣。」

小保想起了那張排龍訣是拓印的，又記起劉化子半

死時所說的話，忽然明瞭：「莫非顧先生發現了紫微壇的位置？」

奧斯定點頭說：「既然你已經知道，我就不用為老師保守秘密。顧先生當初在宋王臺山腳下興建聖三一堂時，發現了傳說中的『金夫人墓』。」

王天璇說：「這個我聽說書講過，話說當年元軍攻破南宋首都臨安，俘虜了宋恭帝趙㬎（同『顯』，全皇后所出），國舅楊亮節（楊淑妃的弟弟）等帶著趙㬎的兄弟趙昰（同『是』，楊淑妃所出）、趙昺（同『炳』，俞修容所出）和趙昰妹妹晉國公主（楊淑妃所出）南逃到福建一帶，立七歲的趙昰為宋端宗，奉楊淑妃為皇太后，並在香港建立小朝廷，於九龍城白鶴山行朝。」

小保奇道：「白鶴山？」

王天璇答說：「白鶴山就是我們剛才由竹園村向西南走過來寨城時，途中經過的小山丘。不料一年不到元軍便已追到這裡，趙昰等唯有逃出廣州對開海面躲藏，怎知船隻竟然遇風暴沉沒，趙昰雖然被救，卻因而染病，在大嶼山逝世，葬於東涌黃龍坑。晉國公主也和趙昰一起墜海，但找不到屍身，楊太后唯有鑄造金人安葬在九龍，那就是傳說中的『金夫人墓』。」

小保嘆道：「竟然有這樣一段故事。我還以為金夫人是金國夫人！」

王天璇笑說：「不是的，金夫人是大宋公主。陸秀夫之後擁立趙昺為信王，亦即南宋最後一個皇帝宋少帝。陸秀夫和楊太后、趙昺一起逃到江門市新會縣對開的海域，被元軍追上，結果全軍覆沒，史稱崖山戰役。陸秀

夫見復國無望，於是背著趙昺和楊太后一起跳海殉國，南宋正式滅亡。

「香港之所以有宋王臺，正是為了紀念趙昰在九龍城白鶴山行朝，而不是很多人誤以為的，是陸秀夫背宋帝昺跳海的地方。至於侯王廟，則是紀念國舅楊亮節的，因為他生前是侯，死後封王，所以廟才名為侯王。」

奧斯定一直很留心地在聽，至此心情已平復，向王天璇道：「王小姐妳真厲害，竟然記得那麼多歷史典故！」

王天璇笑說：「我小時便已在廟街賣唱，相鄰的說書人晚晚重複不同的歷史故事，就算不識字的都會變成歷史學家啦！」

奧斯定說：「無論如何都要謝謝妳。我現在終於清楚整件事的背景了。這座教堂正是建在『金夫人墓』之上。」

小保很驚訝地問道：「真的？教會竟在墳墓上建教堂？」

王天璇也問道：「而且，這與紫微壇有什麼關係呢？」

奧斯定說：「根據多瑪老師對英國人在華所得文物的研究，金夫人墓應該就是紫微壇的入口。相信有人認為教會才是得永生的唯一道路，所以才在金夫人墓上建教堂，好能杜絕其他能得永生的方法。」

小保問道：「既然如此，那多瑪老師是否進過紫微壇內？」

奧斯定說：「還沒有。多瑪老師說進入紫微壇需要鑰匙，而鑰匙的位置被隱藏在一首叫『排龍訣』的歌訣裡，但坊間那一首是假的。我為了他明查暗訪，終於找到當初發現金夫人墓的教徒。他們曾起出代表晉國公主的金人鑄像，據說金人上的『排龍訣』才真的。我利用作為警察的身分，追查那些走私古董的英國商人，好不容易才找到那張排龍訣的拓印。唉，卻因此而累死了老師。」說罷又奧斯定悲從中來。

王天璇輕拍他背，道：「你們的老師現在肯定已在天家得永生了吧。」

奧斯定一邊拭淚一邊點頭。

小保知道，自己手上拿著的正是開啟紫微壇的鑰匙。他只需要找出金夫人墓，便完成多瑪老師的遺願了。

碰巧，一隊英國警察來到教堂，和把守教堂外的華人警察發生了衝突，只聽到朱玉衡在門外用蹩腳的英語向那些英國警察作解釋，爭取時間等特工搬走孫中山的棺槨。奧斯定在警員的制服上抹抹手，戴上警帽，說：「讓我出去看看，也許可以幫幫朱探長。」

小保和王天璇也想自己進入紫微壇，於是齊聲向他說：「好吧，小心點。」

奧斯定點點頭便走了。

小保和王天璇立即開始圍繞教堂四周仔細研究。這是一所中式仿古建築，有瓦頂飛簷，也有樑柱檁枋。王天璇一邊走一邊問：「金夫人墓的入口會否也與永生有關？」

小保說：「最能代表耶穌戰勝死亡的，就是祭台後的十架。十架上空無一人，說明耶穌已復活升天。也許我們可以到祭台後看看。」他們跑到祭台後四處察看，但看不出端倪。

他們走下來後，王天璇又指著牆上的壁畫說：「是否這一張？」

小保湊近看，原來是紀念耶穌受難過程的苦路圖像，王天璇正是指著耶穌最後被埋葬的那一張。他們於是把那圖像拆下來，看看牆上有沒有暗門或機關，結果卻毫無發現。

正當他們垂頭喪氣，準備離開的時候，小保忽然看見聖洗池。這時，他福至心靈，想起多瑪老師對他最後說的話：「《約翰福音》四章十四節？」

小保喃喃地道：「人若喝我所賜的水，就永遠不渴。我所賜的水要在他裡頭成為泉源，直湧到永生。」

王天璇沒聽過聖經的道理，但見小保呆望著聖洗池，於是走過去查看。就在聖洗池前的地上，發現了一塊有中式蓮花圖案的大理石。

王天璇問小保道：「你知道家傳戶曉的《愛蓮說》是誰作的嗎？」

小保答問道：「是不是說蓮花『出淤泥而不染』的那首？」

王天璇答道：「是的。那篇文章正是出自周敦頤的手筆。」

小保訝道：「就是陳摶的徒弟、邵雍的師父，《太

極圖說》的作者？」

王天璇答道：「對了。」說罷，一腳踹在蓮花大理地上。聖洗池竟緩緩移開，露出一個僅夠一個人鑽進去的洞。洞中有梯級，一直走進地底的黑暗中。

入口

王天璇輕嘆一聲，說：「經歷了這麼多，我們終於能進入紫微壇了。」

小保慨嘆：「就算能找到永生，卻付出如此高昂的代價，究竟值得嗎？昨天因為多瑪老師遇害，我才去找洪師父求助。洪師父教了我『排龍訣』，又教妳我結識。然後我又認識了權老大、朱探長、黃大班、湯主任和辛老師，想不到大家都差點命喪於黑龍會手上。」

王天璇嘆了口氣，說：「人生無常，莫過於此。」

小保雖然還未釋懷，但點了點頭，然後指著入口說：「我們去完成師父們的心願，尋找紫微壇的秘密吧！」

小保和王天璇從入口進去，在下降了約兩層樓的狹長梯級後，他們來到了一條寬闊少許的走道。下來之前，王天璇順手拿了個插了一支蠟燭的蠟燭台照明。走道上空氣頗為流通，但靠著燭光仍是十分幽暗。兩人走了一會，也不知走了多久，走到了一間正方形的石室。

王天璇走上前放下蠟燭台，在一塊大石牆前停下，細看起來。小保則在四邊走了一圈，看看有沒有別的機關。

這時王天璇忽然讀到：「天地玄黃，宇宙洪荒，日月盈昃，辰宿列張。」

小保自然地接著念：「寒來暑往，秋收冬藏，閏餘成歲，律呂調陽。」

他們不約而同地一起說：「《千字文》！」

王天璇說：「小保你看，這邊牆上密密麻麻地刻滿了的字，正是《千字文》。」

那時候，小朋友都會念作為啟蒙教材的「三百千」，也就是《三字經》、《百家姓》和《千字文》。

小保奇道：「為什麼在金夫人墓前有《千字文》呢？」

王天璇交叉雙手站在牆前，說：「我在義學聽楊主任說過，《千字文》是梁武帝叫人拓印了王羲之寫的一千個字，當中沒有一個重複字，用來練習書法。但他見這些字雜亂無章，便命官員周興嗣把這一千個字編成韻文。據說周興嗣只編了一個晚上便編好，但是耗盡心血，竟然一夜白頭。自此以後，孩子們都會學習這篇啟蒙文章。」

小保想了想，道：「這樣聽起來，這一千字本來並無任何意義。莫非……。」

王天璇看著他，說：「莫非是因為它們沒有重複？」

小保肯定地點點頭，然後說：「一千個不重複的字，最適合用來作密碼鎖！」

王天璇興奮地說：「那必定是黃玉上的『水火』了！」立刻找『金生麗水』、『龍師火帝』兩句，在『水』、

『火』二字上大力按下去。兩個字竟真的就陷落，然後左右兩邊牆壁竟發出轟隆隆的聲音。

小保和王天璇正準備歡呼的時候，竟有分別有兩道銀色的寒光在兩邊牆壁中閃現。小保眼明手快，立即撲跌了王天璇，自己也滾到一旁。

那兩道寒光竟是兩塊鋒利的鋼圈，在兩邊牆壁的石縫中彈出來。幸好這機關可能年代已久，有點遲緩，否則小保和王天璇也未必能倖免。

他們驚魂甫定之後，想起「水」、「火」也許是《周易參同契》的「汞」和「鉛」，但在《千字文》裡卻找不到這兩個字。他們再找「龍」與「虎」，又只找到「龍」，找不到「虎」。同樣，《千字文》有「離」沒有「坎」。這時，他倆開始有點沮喪，亦有點疲倦。

小保提議：「不如回去想想再來吧？」

王天璇嘟起小嘴說：「不，我一定要破解這個謎！」

小保笑說：「那好吧。」

過了半晌，王天璇忽然說：「水火，水火……可能是卦象！究竟是什麼名字呢？」

小保看著王天璇發愁的樣子，竟不由得愛憐起來，說：「又水又火的，是不是一個叫『熄滅』的卦？」

王天璇叫道：「對！對！」

小保大笑：「真的有個卦叫『熄滅』？」

王天璇認真地說：「不是的，但六十四卦裡大多數都是用一個字作卦名的，只有少數是二個字的。你提醒了我，這個答案應該是兩個字的卦象，亦即《周易》最

後的『水火既濟』或『火水未濟』。」

小保目瞪口呆，不禁拍掌說：「厲害厲害！似乎在廟街長大比在避風塘長大有趣多了！」

這次輪到王天璇大笑，說：「我倒覺得學懂捉魚摸蝦好像比學懂占卦算命實際一些。」

他們於是小心看一遍《千字文》，發現裡面沒有「未」字，只有「既集墳典」裡的「既」和「濟弱扶傾」的「濟」。他們於是擠在一起背貼著牆，以防又有機關飛出來，然後一人按下一個字：小保按下「既」，王天璇則按下「濟」。

這次再沒有轟隆的聲音，只有齒輪的軋軋聲。那塊看似幾噸重的石牆慢慢地移向一邊，露出了後面看似很大的空間。由於牆後閃閃發光，而小保兩人在昏暗的燭光中太久，一時之間眼睛未適應，看不清裡面有什麼。

古墓

小保不其然地拖緊了王天璇的手，慢慢走了進內。

到他們眼睛適應了強光後，他們才發現這些光來自牆上三顆會發光的珠子，而整個空間大概有二、三千平方呎，大概一間房子的大小。

小保奇道：「莫非這裡有電燈？」

王天璇走近看看，說：「不是的，這些是傳說中的夜明珠。」

小保更奇，問道：「夜明珠不是說書先生口中的神話才有的嗎？我記得好像在《封神榜》、《西遊記》等故事裡聽過這種法寶。」

王天璇說：「夜明珠不只是傳說，而是皇室陪葬的常用珍寶，因為傳說屍體口中若放著夜明珠，屍體便不會腐朽。當年慈禧太后安葬定陵時，口中便有一顆。那顆夜明珠可分開成兩塊，變得透明無光，但也可合成一個圓球，並發出綠色寒光。據說它在晚上能照見百步之內的頭髮。」

小保這時也盯著那幾顆夜明珠在看，說：「我覺得它們不是自己在發光。多瑪老師解釋過，螢光蟲是在吸

收了看不見的光後再發出可見光的。也許這些夜明珠也是如此才會發出冷光。」

王天璇笑說：「也許是吧。我沒有上過這些課，但我可斷定這裡是皇室古墓，因為每一顆夜明珠都價值連城，而且一般都是海外貢品，只有皇室會用來陪葬。」

小保這時忽然有點蠱惑地說：「那不如帶走一些陪葬品，妳以後便不用再賣唱了！」

王天璇用手指戳了小保的額角一下，笑說：「古人既用珍寶陪葬，你估他們會不會猜到有人來盜墓呢？你試著碰這幾顆夜明珠，我們立即也會成為陪葬品！」

小保伸了伸舌頭，才繼續查看。

這個地方基本上是一個圓拱形的空間，牆上有一幅一幅的牆畫。由於年代久遠，牆畫上畫的東西有點模糊，但仍可以看出是記錄大小戰役的圖案。有些是陸戰，千軍萬馬；有些則是海戰，波濤洶湧。

小保說：「如果這真的是金夫人墓，那這些恐怕是南宋與蒙古人作戰的記錄。」王天璇點點頭。

他們在這個密室裡也發現了很多木箱，表面上被包裹上皮革與漆料，應該是用來防水的。他倆輕輕地打開了幾個木箱，內裡放的都是些字畫、金器、飾物等等陪葬品。以一個皇陵來說，這裡也算頗為簡陋，可見當時流亡的南宋小朝廷是如何倉促地為晉國夫人安葬。

王天璇忽然叫道：「小保，你快過來看看！」

小保把地上的燭台拿起，走過去王天璇那邊。面前的一幅畫應是整套壁畫的最後一幅。畫的最上方有艘戰

船，正在驚濤駭浪中掙扎，不少官兵亦丟進了水裡，向下沉沒。

然而，丟進水裡的還有一對年輕的男女，他們手牽手地被一個氣泡包裹著，雖然神色慌張，但不像是有生命危險。氣泡旁有位女神仙，看樣子像是天后或觀音的造型，正用手推著這個氣泡向下沉。而在水底深處，有一幅星空圖，當中北斗七星被特別畫得璀璨閃亮。

看著水底的星空圖，小保總覺得怪怪的，好像有點不妥的地方。過了一會，他終於知道問題在哪裡。

整幅星空圖非常地精確與細密，完全不像是一幅畫作，更像是一幅天文學家測量後繪製出來的星圖。然而，這幅星圓雖然精密，卻明顯地少了一顆星。

小保記得，北斗斗魁的天樞星與天璇星總是指著北極星，亦即紫微星。他循著兩星所指的方向，在相等兩星相距五倍的位置，竟然找不到紫微星，圖上只有深黑色的一塊。如果北斗七星被強調，那作為北斗拱照著的紫微沒理由不出現。小保把他的疑惑告訴了王天璇。

王天璇說：「也許那是因為覆蓋在畫上的灰塵？」

小保輕輕地用手指在那位置上揩拭，那深黑色的部分竟變成粉末慢慢散落，露出了一個小洞。小保興奮地說：「天璇，妳看！」

王天璇向小保眨眨眼，說：「嗯，你猜是否鑰匙的匙孔？」

永恆

　　小保不由得緊張起來，心跳不斷加速，還喘起氣來。說到底，辛苦了這麼久，就是等這一刻，若他們猜錯了，那就功虧一簣了。當然，這個洞也有可能是機關，讓他與王天璇葬身在這裡。

　　王天璇見狀，握緊了他的左手，小保才平復了一點。他戰戰競競地把由青龍、白虎、朱雀、玄武合成的鑰匙放進匙孔裡。他每插進一點，匙孔便發出「卡」的一聲。在第四響卡聲後，鑰匙已不能再進。小保見沒有動靜，於是慢慢順時針地轉動鑰匙。

　　王天璇一手捉住小保的手，說：「停！我相信鑰匙是逆時針旋動的。」

　　小保問：「你怎知道呢？」

　　王天璇說：「因為北斗，以至整個星空，都是逆時針地繞著北極星轉動的。」

　　小保這時已是滿頭大汗，深怕一個小錯誤便累死身邊的王天璇。然而，王天璇卻讓人有種充滿信心的感覺，又也許那不是信心，是期待。

　　鑰匙逆時針轉了一個圈，卻毫無動靜。小保於是再

轉一個圈。這時，那幅壁畫開始發出另一輪的軋軋聲。可能是因為時代久遠，機關啟動時都不太順滑，所以在發出一連串的聲響後，只見壁畫四邊出現了些微的罅隙，不少灰塵簌簌地落下，便又平靜下來。

小保不禁說：「不是吧，就這樣？」

王天璇說：「也許有地方卡住了？」

小保再仔細看，發現壁畫其實已陷進了少許。他們兩人於是用力推那壁畫，竟給他們把整幅壁畫向後推了開來。

小保首先進去，竟有一種眩暈的感覺。王天璇跟著他背後，讚嘆說：「好美！」

小保這時才瞭解，他在一個七、八層高的大球體內。這個球體的表面漆黑一遍，但鑲嵌滿寶石，特別是大大小小的夜明珠。當他們拿著燭台進來時，所有寶石都立即發出一閃一閃的光芒，令人目眩神馳。加上地面也有弧度，所以小保才會覺得眩暈。

小保站穩後，說：「這簡直就像步進了太空！妳看，天頂中央正是北極星！我們腳下的這個是南十字星！」

王天璇說：「實在太美了。每一顆星都被精緻地嵌在牆上，是一個被一絲不苟地製作出來的渾天儀！」

小保說：「妳說得對！這個渾天儀還是會動的呢！妳看，整個球正在慢慢旋轉！」

王天璇說：「不錯，難怪我也總是有站不穩的感覺！」

小保說：「不知道動力來自哪裡呢？這個裝置不可

能靠發條跑了 600 年吧？」

這時，在球的正中心出現了兩道光芒，非常耀眼，小保和王天璇連眼睛都沒法子睜開。

有一把女聲在光芒裡說：「可謂山河在動，可謂宇宙在動，亦可謂我們在動。」

另有一把男聲說：「能來到這裡，必然是忠臣之后。你們想知道什麼，便儘管問吧。」

小保這時對強光總算有點習慣。說話的似乎是兩個光球，懸浮在這個球體空間的半空中。

小保於是問道：「請問你們是誰？」

女聲說：「本宮乃大宋晉國公主。」

男聲說：「朕即後人謚號宋端宗的趙昰。」

小保一時手足無措，正在想要不要下跪參拜。

反而王天璇很鎮定地問道：「那你們是鬼魂？」

男聲說：「非也。朕等乃是不死之身。」

小保奇道：「不是說陛下墜海後染病而死嗎……呀，是否該說『駕崩』了？」

女聲笑說：「皇上的確與本宮雙雙墜海，幸得仙人指點迷津，教我們超脫生死。」

男聲接著說：「是的。朕本可與皇妹一起解脫，然而有感眾義士冒險犯難，帶朕逃至此處，母后當時亦仍在世，恐怕朕等若同時離去，他們會傷心欲絕，所以朕才想回去把他們一起帶來，並讓皇妹在此等候，好能一起進入永恆。

「可惜母后當時仍奢望能像從前一樣母儀天下，義士們又都想死而後已，名垂青史，沒有人願意和朕一起解脫，朕只好獨自歸來。御史最終記下：皇妹墜海後遍尋不獲，朕被救後病發身死。」

王天璇興奮地說：「所以說，真的有白日飛升，破空而去的方法？」

男聲答道：「宇宙本是永恆的，而人身內藏小宇宙，是大宇宙的一部分，所以亦是永恆的。」

女聲這時說：「試想想，若用蠟燭的火去點燃木柴，何者為因？何者為果？」

小保隨口答道：「燃燒的蠟燭是因，燃燒的木柴是果？」

女聲說：「非也。」

王天璇想了想，說：「也許因和果都是火？」

女聲笑說：「皇上，本宮常說女人實比男人聰明，我沒欺君吧！」

男聲也笑說：「此事朕數百年前便已知曉，我朝前有穆桂英，後有梁紅玉，皆為智勇雙全，巾幗不讓鬚眉之輩。的確，火是因亦是果。皇妹有此一問，是想告訴汝等，因與果的本質為一。我既為宇宙所生，我亦即宇宙。我既有生命，予我生命者亦乃生命。」

小保忍不住說：「你的意思是，神創造我們，所以我們也是神？但神是不朽的，我們卻會死。」

女聲反問道：「蠟燭與木柴是否相同？燃燒的時間又是否相當？」

小保答道：「當然不相同。」

王天璇點點頭說：「但火的本質是一樣的。」

男聲說：「對了。我等之所以必死，乃不朽之魂與可朽之魄結合為一之故。若能留魂去魄，即可步入永恆。」

小保問道：「那是否像天堂一樣有無窮的幸福呢？」

女聲幽幽地問：「何為幸福呢？」

小保這時想起湯天權主任也問過相同的問題，很自然地答道：「每天能迎接新的挑戰，學習新的事物，讓自己愛的人得到快樂。每天事情辦妥後，回家有一鍋鮮甜的魚粥，在船上看夕陽，做人無愧於心，上床倒頭便睡。我便覺得很完美了。」

王天璇看著小保快樂的笑容，哀傷地說：「小保，我真羨慕你。」

小保奇道：「為什麼呢？」

王天璇有點狠狠地說：「因為你說的生活，我連想也沒想過，更加沒有機會得到。我認為沒有飢餓、痛苦、羞辱、死亡等等，便是幸福。對我來說，能痛快地死去便是最好的解脫，可恨我沒有勇氣了結自己。」

女聲說：「本宮深知妳的痛苦。皇上與本宮生於亂世，十年人世歷盡權臣禍國、忠臣死節、兵荒馬亂、姦淫擄掠、飢寒交迫、顛沛流離等禍事。本宮的生命早於無間惡夢之中離我而去。」

男聲問：「朕問汝等，敦為眾苦之源？」

王天璇說：「我認為，痛苦就是失去所愛。我們失

去的，可以小至一個洋娃娃，也可以大至整個生活、健康、尊嚴等等。但最痛苦的，莫過於失去所愛的人。」王天璇這時想起自己自幼父母雙亡，舉目無親，歷盡艱辛，若不是得到桓老大等相助，早就餓死街頭或淪落風塵。想到這些，王天璇不禁潸然淚下。

女聲輕聲說：「得乃一變，失亦一變。愛乃一念，恨亦一念。陛下與本宮能渡汝等到無變常樂的彼岸，但汝等須能斷一切念，從此之後，自可得入無窮無盡之平安，更無得失、愛憎或苦樂之纏繞。」

男聲續道：「去此大千世界之種種幻相，便能瞥見永恆，掌握終始。世間一切因果盡皆一目瞭然，已然與未有盡在囊中，面對眾生的哀樂再無動於衷，豈不甚善？」

女聲輕聲說：「如何？」

王天璇輕輕點頭。

小保見到這樣，忍不住大叫：「天璇，千萬不要！我知道妳不想再有痛苦，但無愛無恨、無苦無樂的生命還有什麼意義？活在永恆不變的空間裡，和被判終身監禁又有什麼分別？神造世界就是要我們享受日出日落、鳥語花香。就算人生如朝露，死亡如影隨，但生死之間最能彰顯愛，在愛內我們能得到無窮的喜樂，那比永恆不變的生命珍貴多了！」

王天璇淚流滿面，哀傷地看著小保，說：「對不起，小保。我只是一個歌女，今天也許有很多人說愛我，他朝色衰愛弛，人們也會把我棄如敝屣。世上根本沒有真正愛我的人，再也沒有我會留戀的東西，我只是想盡快

離開。小保，真的對不起，由一開始，我便不是想幫你，而是想找到紫微壇，進入永恆。你要不要一起走？」

小保捉住王天璇的雙手，早已泣不成聲，哽咽著說：「天璇，是我不好，我不敢高攀，一直沒有告訴，我真的很喜歡妳！這些年來是我自私，我只是想親近妳，在八音館為妳撥扇斟茶，在門後聽妳唱歌，便自覺十分幸福。我沒想到原來沒有人愛妳。如果妳不嫌我滿身魚腥，我會一生一世照顧妳的！就算妳人老色衰，老到牙到全掉，我還是會煲魚粥給妳吃的！」

王天璇的眼淚沾濕了小保的雙手，深情地看著他說：「小保，我知你是真心的，也知你會對我好。但人心難測，他朝你名成利就，亦會見異思遷。我很疲倦了，不想再有任何打擊。」

小保這時把王天璇的手握得更緊，說：「天璇，我不會辜負妳的。我若負心，就算不怕天打雷劈，也怕桓哥手下把我分屍吧！天璇，過去的人生，我無法改變了，那些痛苦的回憶，我也無法抹走，但那只是我們漫長一生的一小部分。我會努力讓妳剩餘的人生充滿歡笑，幸福美滿，好不好？」

王天璇看著小保焦急的樣子，忍不住破涕為笑，說：「小保，你真傻。我們還沒有相戀過，你又怎肯定我就是你的終生伴侶呢？」

小保見王天璇口風有點鬆動，立即打蛇隨棍上，說：「人與人之間講究緣分，我則相信一切都有安排。上天讓我與妳一起經歷了這麼多，在我們的命盤裡肯定是天作之合，必然會白頭到老的，不信的話我們一起去問問

辛老師！」

王天璇終於露出了甜甜的笑容，說：「學了兩天術數，現在竟成神算子了？」

小保也笑起來，說：「不敢不敢，回去還要跟辛老師深造深造。」

王天璇忽然說：「等等，我未必就可以忍受你的魚腥味。讓我先嗅嗅看⋯⋯。」說罷靠向小保壯闊的胸膛上深吸了一口。

小保鼻子嗅著王天璇的髮香，毫不猶豫地用力把王天璇緊緊抱著。王天璇也溫柔地摟著他的腰。這一刻對小保來說，也許比永恆更長。

過了良久，王天璇大力地拍了拍小保的背，小保趕快把她放開，緊張地問道：「真的有魚腥味？」

王天璇笑說：「不是，而是我快透不到氣了。」

小保這才抓抓頭傻笑起來。

這時，那兩道耀眼的光芒仍在球形房間的中央，那男聲忽然又再對他們說：「汝等竟猶豫？此乃千載難逢之良機矣。」

小保學著說書的腔調回應道：「啟稟皇上，再次感謝皇上陛下的邀請，但相比風平浪靜的永恆，小民還是喜歡苦樂參半的浮生。小民敬祝皇上與公主萬歲、萬歲、萬萬歲！」

那女聲忽然凶惡地說：「實在愚不可及！男女之間毫無憑藉之山盟海誓，豈可與唾手可得之永恆相比擬？」

王天璇這時福至心靈，答道：「民女斗膽，敢問皇

上與公主真的在永恆中？若在永恆中沒有變化，那也不會在今天遇上我們，還可以跟我們說話吧？對答不也是一種變化？」

聽到王天璇這樣問，那男聲與女聲竟同時笑了起來。男聲笑了一會兒，才說：「好，好。朕等了數百年，俟智者也。汝所言甚是。朕如汝等般得進紫微壇，獲悉永恆之秘，但朕並沒選擇永恆，朕選擇了不朽。」

聖山

小保奇道：「這是什麼意思？」

男聲答道：「朕偕皇妹於官富場（官塘）外海遭劫，沉落海底，幸遇林默，即汝等尊奉之天后也。林默引朕與皇妹到此洞中，告訴朕說，天朝氣數已盡，人力難挽矣。」

女聲接著說：「林默亦說，吾等壽元已盡，誰亦不可逆天而行，使吾等回歸人間世，延續國舅之復國大夢。」

男聲說：「那時，朕等問林默，若朕等壽元已盡，何以仍出手相救。林默說，此處乃我國龍脈之南端，北帝於此作紫微壇，管人間壽夭。北帝適見朕兄妹未冠之年流落此處，倏忽一生未嘗暖蓆，故發起無量慈悲，予朕等兩個選擇：一，入永恆，與天地同壽，與日月同光，剎那間能知古往今來萬事萬物；二，棄可朽之軀，以神魂守護此壇，救苦救難。」

女聲說：「吾等那時所想與汝等無異，永恆不變實非吾等所欲也。」

男聲說：「因此，朕等選擇了永生而非永恆。六百年以降，常觀斗轉星移、朝代更替、人事變遷，從無間

斷。朕漸知世間一切法相之理，悟出能知眾因者，若庶幾無遺，自能知眾果。」

小保說：「這個我倒能理解。我的叔伯們憑著對天色、風向、浪頭、水流等等，便能推出明天的天氣與漁獲，甚至能在多深的水捕獲那一種魚都可以預計得到。」

女聲說：「是故汝等今天到此壇，亦非偶然也。」

男聲說：「朕等已知，亡我家國者，非西洋鬼子也，實乃東洋倭寇。十年前，倭寇侵佔我國青州（即今山東），炎黃子孫一無所覺，仍相互殘殺不止。十年後，倭寇於我國定必旌旗遍插，我國子孫則將屍橫遍野。」

女聲說：「汝等離開後，能否助吾等守護此地？」

王天璇問道：「此地的意思是香港？還是整個中華土地？」

男聲說：「非也，皇妹意思是守護此壇。國家自有其氣數，非人力所能左右。然而，倭寇中亦有覬覦永恆之輩，溯古尋壇者亦日眾，故寇匪襲來之日亦不遠矣。還望汝等協助『北斗』，延續歷代傳承，守護此壇。」

小保挺起胸膛說：「皇上請放心。若那情況真的發生，小保是習武之人，誓必貢獻自己小小的力量，協助大家保家衛國。」

男聲笑說：「甚善。且讓朕賜予汝等一份薄禮，打通汝等之奇經，提升汝等之靈覺，好能趨吉避凶。」

男聲說罷，小保與王天璇頓覺渾身舒泰，但兩道強光卻瞬間消失，使他們睜目如盲，伸手不見五指。

過了一會，前方忽然出現四邊發出微光的一個長方

框。小保捉緊王天璇的手，一起向那光走過去，卻原來是一道石門。他們輕易地把門推開，看見一條長長向上的石梯。他們一步一步地向上走，前面越來越光亮，到盡頭時又有另一道門。小保一掌推開，立即豁然開朗。他們發現自己就站在宋王臺的聖山上，背後是刻有「宋王臺」三字的大石。他們回頭細看，怎也再看不出他們出來時經過的石門。

此時天正微明，東方泛起魚肚白的晨曦，小保和王天璇站在聖山上面俯瞰香港這個美麗的港口，心裡興奮莫明。小保慶幸王天璇放棄了永恆的生命，選擇了信任他，並從此把自己交託給他。王天璇亦慶幸經過了重重困難後，雖然得不到永恆，卻得到了真愛。

小保不禁說：「能活著真好！」

王天璇看著晨曦裡的小保，說：「也許能跟你一起老去也不賴。」

小保也笑說：「剛才皇上說，我們的靈覺已打開了。我現在真的有強烈的預感，可與身邊的人白頭到老。」

他們四目相投，露出了甜蜜與幸福的微笑。

後記

逸事數則

　　港督司徒拔爵士本應在 1925 年 6 月任期屆滿，但他要求延長任期去處理大罷工，卻又對廣州政府態度強硬，讓有關大罷工的討論陷入膠著。結果英國於 10 月時撤走司徒拔爵士，委派金文泰爵士接任。

　　其後發現司徒拔爵士在沒有倫敦授權下，聯合定例局（即立法局）議員周壽臣、羅旭龢，以及東華主席馬敘朝、總理莫晴江等，秘密從東華的信託基金挪用五萬元去幫助粵軍魏邦平策動兵變。兵變最終失敗，而且被揭發，震驚社會。

　　清末我國舉債興建鐵路，後來為了籌款贖回路權，於 1908 年成立交通銀行，同年在香港開分行，並於翌年透過商務印書館發鈔，與中國銀行共同分擔央行的角色。到 1912 年袁世凱就任大總統時，委任了梁士詒作交通銀行總理，四年後袁世凱稱帝失敗，梁士詒遭通緝，逃亡到香港。

　　翌年，交通銀行主席張勳又帶兵進京，復辟清王朝，梁士詒在港以交通銀行名義向日本借款，支持段祺瑞，

討伐張勳，之後獲得特赦。及後，梁士詒再因直奉戰爭和北洋政府倒台而兩次流亡，又兩次當權，可謂三上三落。從梁士詒的生平，可知當年銀行與政局有不可分割的關係。

孫中山在 1925 年初派蔣中正東征，由蘇聯將官直接指揮，打敗了據守惠州的陳炯明。陳炯明流亡香港後，擔任了前清秘密會社「美洲致公堂」改組後的「中國致公黨」的總理。

據說，孫中山也曾在美洲致公堂擔任第一大紅棍。陳炯明支持梁啟超提出的聯省自治，在廣州執政期間，禁止部隊未經審訊就地槍決犯人，並禁賭禁菸、銷毀鴉片、裁減軍政人員、興辦免費公立學校、支持女權運動，可惜執政時間太短，所倡議的政策未見成效便被孫中山廢止。

黃大仙祠的大殿旁邊，的確是根據五行來興建其他建築物的，分別是屬金的飛鸞台（1924）、屬木的經堂（1924，即今天的辦事處）、屬火的盂香亭（1933）、屬水的玉液池（1936）以及屬土的照壁（1938）。於 1925 年時，只完成了飛鸞台和經堂。

自小保找出鑰匙後，滄海桑田，過去在那五個吉位的祠廟有些被遷拆，有些被重建，今天也不再在吉位上了。然而，後人把鑰匙重新收藏時，仍決定以真的排龍訣作為指標。今天仍可見某教會在這些吉位上興建小學，把它們好好地藏著。

關羽的命盤

　　要起命盤，先要有出生年、月、日、時。歷史名人的出生年、月、日不難找，算命的人於是會排出當日十二個時辰的命盤，看看哪一個與其生平相對應，有點像現代人選時擇日生孩子一樣。

　　不過，關羽的出生日本身也有幾個版本。針對關羽的出生年，一般都是同意是桓帝延熹三年（160 年）。至於月份，清代的《關王事跡徵信編》和《荊州府志》認為是農曆 5 月 13 日，而更早的記錄全都是 6 月，所以儘管明清官方都在 5 月 13 日慶祝關帝君聖誕，民間卻選在 6 月 24 日慶祝，估計 5 月 13 日是兒子關平的生日。

　　支持 6 月 24 日的，有元代的《關羽年譜》和清代的《前將軍關壯穆侯祖墓碑銘》。另有一個說法，包括明代的《祀田碑記》和清代的《解良關帝志》認為是 6 月 22 日。宋代的《東京夢華錄》則認為是 6 月 6 日。今天 6 月 22 日和 24 日（即西曆 8 月 11 日或 13 日）被認為最有可能。

　　網上找到的關羽命盤有三種說法：一、說關羽乾造，亦即出生的年、月、日、時是「庚子、甲申、甲寅、乙丑」的；二、說關羽有開創性，因而是「七殺坐命」或「紫微七殺坐命」，推出「庚子、甲申、戊午、庚申」為他的八字；三、說關羽剛強好勝，因而是「太陽化權」坐命。究竟哪一個是真的呢？

　　古代曆法有所謂「三正」或「三建」，即用那一個月作為正月或一年之始。夏代建寅，即以農曆 1 月作正月；商代建丑，即以農曆 12 月作正月；周代建子，即以

農曆 11 月作正月；而東漢又回復建寅，直至今天。

那是因為古人見北斗星的斗柄在一年裡會繞著北極星轉一圈，就像時鐘一樣。斗柄指向北時，大地回春，便是正月。那若正月 1 月是寅月，關羽則在 6 月出生，那便是癸未月不會是甲申月，亦即 7 月。因此，說法一與二都不可能。

至於「太陽化權」，只出現在辛年，但 160 年是庚年（那年是庚子），而庚年太陽化祿，所以說法三也不可能。不過筆者覺得太陽比七殺坐命更像正史中的關羽，但太陽的名聲若要傳頌千古，只能在太陽最亮最旺的位置，也就是午位。

所以筆者大膽地用了「庚子、癸未、丁巳、辛丑」作為他的八字來起命盤，歡迎各方高人指教。

關於排龍訣

　　「中州派」這個名字，來自香港的談錫永先生，亦即筆名王亭之的著名術數大師。「中州」即洛陽，而據談先生所說，他的師承能追溯到宋朝的司天監、陳摶的弟子吳景鸞。然而，亦有人認為中州派是談先生的創作。無論如何，談先生除在紫微斗數上的著作甚豐外，亦在風水上提出了三個口訣，分別是排龍訣、安星訣和收山出煞訣。

　　本書中有關所謂「真」排龍訣的分析，來自網上一篇文章，分別載於〈聞道國學：中州派排龍訣的原理〉與〈逍遙幫主：排龍訣的原理揭秘〉。在那篇文章的基礎上，我再改了最後那個吉位，亦即由「巨門」改到「破軍」，否則在實際推定吉位時，排龍訣的真假便對結果沒有影響，無法達到故事推進的效果。有興趣的朋友可以參考網上文章，查看原來的版本。

國家圖書館出版品預行編目 (CIP) 資料

九龍傳奇：復活孫中山 / 冼君行，林月菁著 .-- 第
一版 .-- 臺北市：博思智庫股份有限公司，2025.1
面；公分

ISBN 978-626-98563-8-1(平裝)

857.7   113016860

RE
AD 03

九龍傳奇：復活孫中山
Legend of Kowloon

作　　者｜冼君行、林月菁
圖片提供｜冼君行、林月菁
主　　編｜吳翔逸
執行編輯｜陳映羽
美術主任｜蔡雅芬
封面圖片｜Designed by Freepik

發 行 人｜黃輝煌
社　　長｜蕭艷秋
財務顧問｜蕭聰傑
出 版 者｜博思智庫股份有限公司
地　　址｜104 台北市中山區松江路 206 號 14 樓之 4
電　　話｜(02)25623277
傳　　真｜(02)25632892

總 代 理｜聯合發行股份有限公司
電　　話｜(02)29178022
傳　　真｜(02)29156275

印　　製｜永光彩色印刷股份有限公司
定　　價｜320 元
第一版第一刷　西元 2025 年 1 月

ISBN 978-626-98563-8-1
© 2025 Broad Think Tank Print in Taiwan

博思智庫股份有限公司

博思智庫粉絲團　Facebook.com/broadthinktank